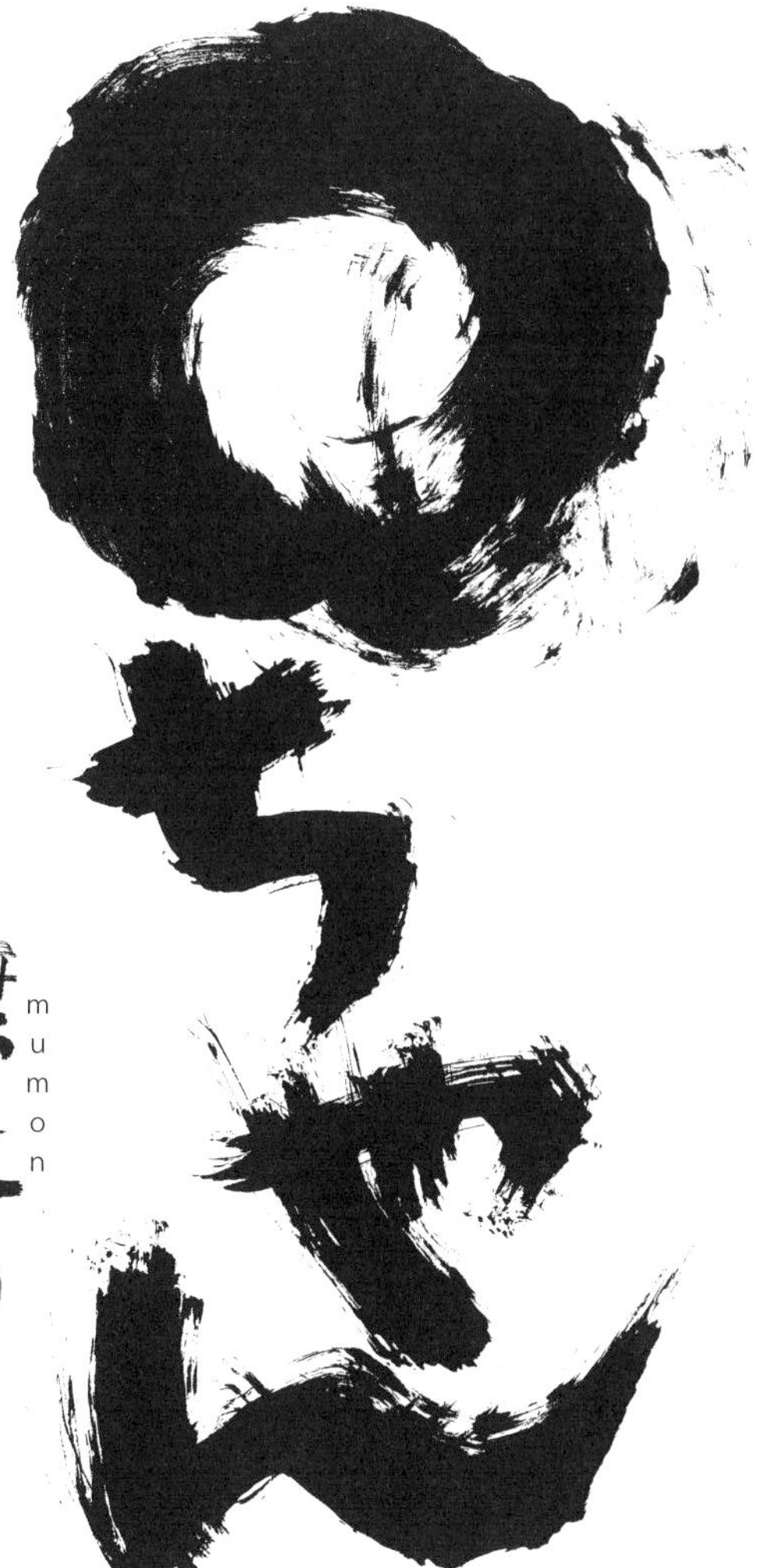

無文
mumon

JDC

プロローグ

○ちゃんという「人たらし」が大阪にいる。小さな不動産屋を営んで五十年近い。勉強嫌いの中卒。漢字をほとんど覚えていなかったが、辞書、パソコン、ガラケー、スマホを駆使しながら、関西を躍動する、そうそうたる「いちびり」の群れに飛び込み、親交を重ねている。

疎開、家出、結婚、愛人、同棲、離婚。愛すべき人たちとの出会いの中で、酒を楽しみ、重ねる女性遍歴。両親からもらった天分なのか、めまぐるしく変転する人生で会得したのか、みんなが認める「人たらし」である。

多士済々の「いちびり」たちを引きつけ、もまれているうちに、○ちゃんも一人前の「いちびり」に成長する。「人たらし」で「いちびり」。煮ても焼いても食えないようなエグいイメージの大阪にあって、無敵である。

酒、女への愛が止まらない。生き甲斐でもある。複雑に絡み合う交友関係にからめとられながら、心地よさそうな○ちゃん。波乱万丈の歩みは、決して自慢できるものではない、胸を張れるものでもない、と思っている。多くの方々にとっては、人生の反面教師なのかも知れない。

しかし、○ちゃんは、なぜか憎めない、憎まれない。気のせいではない。「人たらし」が醸し出す、優しさに裏打ちされた「いちびり魂」の為せる業か。決して酒飲みの女たらしなだけではない。

これは、○ちゃんを軸に大阪の有名、無名の「いちびり」たちがエネルギッシュに交錯する、ノンフィクションを装ったフィクションである。

Qちゃん／もくじ

第一章　ただの助平やない

満天の星がまたたいている。潮騒に包まれた磯。寝袋の中から夜空を見上げていた。

「○ちゃん…」

ターコの声が聞こえたような気がして隣を見た。同じ寝袋に潜り込んでいたターコが小さな寝息を立てている。寝袋いっぱいに広がるターコの香りに酔いながら幸せだと思った。長崎の西に浮かぶ男女群島の晩秋。連れ立って二泊三日の釣行に来た。

波が打ち寄せる磯の上で二人きりの時間が流れる。ちょっと戸惑いながらも、お互いを確かめ合うことができたと思った。何度も見つめあっては、笑みがこぼれた。付き合って二年、ようやくターコとひとつになれたと思った。

満天の星が二人を祝福している。夜が明けないでほしい。

「スケベ」のDNA

○ちゃんは、大阪・北堀江の自転車屋の長男に生まれた。女の子二人に続く男児の誕生に父親の春雄は「跡継ぎができた」と大喜びだった。

「トラトラトラ」。真珠湾攻撃で日米が開戦した三か月後の一九四二年三月。日本軍の快進撃が続いていた。

「なあ、かあちゃん、この子は、えらい運を持っとるぞ。戦争は日本の勝ちやで。よう生んでくれた。おおきにな」

「お父ちゃん、あんたの運が強いんや。この子ら三人、頼みますよ。頼りにしてるんやから」

春雄と花枝。夫婦で手を取り合って喜んだのもつかの間、○ちゃん誕生の三か月後には、ミッドウエー海戦で日本軍がアメリカ軍に敗れた。これを境に戦況が一変し、日本軍はアメリカ軍に押されるようになって、本土への空襲が激化していった。

春雄は自転車屋の一方で、軍事用に供出される鉄や銅を近所の鉄工所から運び出す仕事も請け負い、それなりに稼いでいた。金属の供出は、戦況が厳しくなるにつれて徹底され、学校の二宮尊徳像はもちろん、地方の鉄道レール、寺の梵鐘。家庭からは指輪、スプーンに至るまで召し上げられた。

日本各地へ空襲が広がり、大阪も狙われ始める。心配になった春雄が花枝に言った。

「かあちゃん、ぼちぼち大阪も危ないらしいで。子供らを連れて、徳島の実家に疎開しといてくれや。空襲がひどうなったら、わしも行くさかいに」

「あんたは、大丈夫か。死んだらあかんえ」

「任しとき。爆弾はわしを避けていきよるから」

「あほなこと、言わんといて。ほんま、気いつけてな」

終戦の前年、○ちゃんが二歳の時だった。花枝に連れられ、姉二人とともに徳島県海部郡浅川村（後に海陽町）にあった花枝の実家に疎開した。大阪・天保山から船で南小松島に渡り、汽車で浅川村に向かった。この時、母親の背のねんねこの中で聞いた船の汽笛と牛の泣き声が耳に残っている。今でも思い出すと涙が出てしまう○ちゃんである。

春雄は妻子を疎開させてから、誰はばかることなく愛人を囲って暮らし始めていた。きりっとした二枚目の春雄は、筋金入りの女好きで、結婚後も愛人を何人か代えていた。花枝はうすうす感づいていたが、子育て世帯を守るためか我慢していたようだ。

疎開翌年の一九四五年三月には、激しい大阪大空襲が始まった。八月までに七回も続き、市民一万人以上が犠牲になった。広島、長崎への原爆投下もあって、終戦を迎える。○ちゃんに玉音放送の記憶はない。漁港に集まった男たちが泣いていたが、自宅にいた母親たちはほっとしたような表情を浮かべていたと、後年、姉に聞かされた。

農家に生まれた花枝は大阪の商家で女中をした後、勤めていたカフェで春雄と知り合い、結婚した。彫りの深い顔立ちで、田舎育ちの辛抱強い女だった。

春雄が若い愛人を連れて大阪の自宅に帰って来たことがあった。


「かあちゃん、すまんけどなあ、今から、あの娘の親が訪ねて来るんや。女中ということにしといてくれんか」

「あんた、何ゆうてますんや。また浮気ですか。懲りない人やねえ。しょうがおまへん。それで、女中にするあの子は、何ちゅう名前ですのや」

「違うがなあ、女中はお前やねん。ほんま、すまんなあ。後できっちり埋め合わせするさかいに、何とか頼むわ。この通りや」

「ええっ！　そないな無茶苦茶なことがありますのんか」

「すまん、すまん、この通りや、この通りや」

図々しいにもほどがある春雄だが、拝み倒すように花枝を説き伏せ、ほどなく、あいさつを兼ねて様子を見に来た愛人の父親をごまかしたという。花枝がどういう態度で接したのかは、〇ちゃんにはわからないが、上手くやり過ごしたようだ。

花枝は春雄の浮気を知って暴れたり、家出したりすることもなかった。夜中に人知れず悔し泣きをしていたかも知れない。春雄から理不尽な三下り半をつきつけられても、帰る場所がなかったのかも知れない。

〇ちゃんは、幼子たちを抱えた母親の心情を思いやる。花枝は放蕩者の春雄の優しいところが嫌いになれなかったのか。田舎から大阪に働きに出され、苦労しているうちに逞しくなって、亭主の浮気性を飲み込んでしまっていたのか。

疎開先の浅川村は、太平洋に面した、高知県境に近い半農半漁の村。港に近い、川沿いの借家での穏やかな暮らし向きは、幼い〇ちゃんの心に深く刻み込まれていった。

四季折々、移り変わる風景や音、においの記憶が、年を経ても鮮やかに蘇ってくる。

絶え間ない潮騒のざわめき、甲高い鳴き声を響かせ、真っ青な空を舞うトンビ、夜通し鳴き続ける田んぼのカエル、暑さとともに降りそそぐセミしぐれ。夕立の後に立ち込める草いきれ、土のにおい。かまどで吹きこぼれ、炊き上がるごはん、七輪でこげる魚の干物、キュウリやカボチャ、ナス、ダイコン。旬の野菜のみずみずしい香りに深呼吸を繰り返した。

四歳の暮れだった。

一九四六年十二月二十一日午前四時十九分、南海地震が発生し、村は津波に襲われた。

「山が来るぞっ」という怒鳴り声が響き渡り、近所の人たちと一緒に、裏山に避難した。間もなく山のような大津波が来た。

まだ暗い時間帯で、村が津波に飲み込まれる様子は、ほとんど見えなかった。〇ちゃんたちは家族で体を寄せ合い、無事を喜びながら震えていた。大好きだった従妹が亡くなっていた。全員が犠牲になった友達の一家もあった。

住んでいた家は津波で流されたため新たに家を建てて疎開生活が続いた。
○ちゃんは浅川小学校から海南中学校へと進む。小学校は児童数が四百人を超える、田舎にしてはまずまずの規模。幼いころから過ごしている○ちゃんは、地元で生まれ育ったかのように伸び伸びと暮らしていた。
春雄が毎年一回やって来て、珍しいお菓子を食べさせてくれたり、真新しい洋服や運動靴を身につけさせてくれたりした。○ちゃんは大阪からやってきた育ちのいいぼっちゃんに見られ「ぼくちゃん」と呼ばれていた。春雄は金回りのいい「旦那さん」だった。

だから、地元育ちなのに、いつまでたっても「よそ者」扱いだった。村祭りで曳く「だんじり」には乗せてもらえなかった。そろいの法被、鉢巻姿の友達がだんじりの上で太鼓をたたくのをながめて、うらやましかった。口惜しかった。

「おかあちゃん、何でぼくはだんじりに乗せてもらえんの？」

「お前はなあ、大阪の子やから、あかんねん。辛坊しとき」

「何で、何で。ぼくは大阪の子とちゃうで。ここにずうっとおるで。何で乗ったらあかんの？」

「何でもや」

「そんなん、いやや」

乗せてもらえない理由がはっきりせず、泣きながら母親に食ってかかった。母親は上手く説明できず、困り果てていたようだ。

でも、小中学校の学芸会は、○ちゃんの晴れ舞台だった。いつも主役級の役をもらった。かなりの芸達者だったのだろう。町内の「のど自慢大会」や青年団の演劇にも出演させてもらった。そのころから舞台に上がる楽しさを覚えた。年を経て大阪で演劇活動に触れることになる素地がつくられていったようだ。

毎日、放課後は友達と村中を駆け巡った。棒切れでチャンバラをしたり、出くわした青大将をつついてみたり。夏休みは、天国だった。朝から晩までトンボにセミとり。海や川では貝、魚とり。水中めがねをぎゅっと締めて、素潜りでサザエ、アワビを探し、ヤスで魚を狙った。鮎釣りも得意だった。透明な川エビが飛び跳ねていた。

勉強する気はまったくなくて、外で遊び歩くのが大好きな、けんかはちょっと弱い「ぼくちゃん」だった。女の子にはもてた、と思う。

雨の日は近所の同級生の女の子やその妹の二、三人で布団に潜り込んで遊び、いつしかお医者さんごっこに夢中になっていた。うれしくて、はずかしい、甘酸っぱい思い出だ。

花枝が〇ちゃんに高校進学を勧めたことがあった。

「高校には行っといた方がええよ。勉強してないと、大きなってから困るから」

「おかあちゃん、ぼくは勉強が嫌いや。高校には行きたない。働いて楽させてやるから」

勉強嫌いなのは正直に言ったが、勤労意欲があるわけでもなかった。何をしたいのかもわからなかった。ただ「遊びたい」一心だった。遊びがどういうものかも、はっきりわからない田舎の少年だったが、ぼんやりとした大人の「遊び」へのイメージがあり、漠然としたあこがれを募らせていた。

中学校を卒業した翌年、父親を頼って一人で大阪へやって来た。上の姉は高校に進学したが、○ちゃんは「学校の勉強はもうええ。働きたい」と言い張った。大阪から通ってくる、こじゃれた遊び人風の父親の姿から「大阪にはおもろいことがぎょうさんある」と妄想のような考えが膨らんでいたのだ。

父親の春雄は戦後、大阪港に近い九条で自転車屋を営んでいた。警察署で競売にかけられる放置自転車の入札に参加して仕入れ、整備して販売していた。アイデアマンの春雄は自転車屋以外にも様々な商売に手を広げ、かなりの収入があったようだ。

終戦直前には空襲を避け、二十万円を握りしめて、〇ちゃんたちの疎開先にやって来た。お金を見せながら「これで一生食えるぞ」と自慢そうに話していたが、終戦とともに貨幣価値が暴落し、銀行が閉鎖になるなどひどいことになった。

生計を立て直すため二年後、単身で大阪に帰り、商売を始めていた。

亭主の愛人のために女中役までさせられたことのある母親の花枝は、とうとう春雄に愛想をつかしてしまったのか、焼け野原の大阪が少しは復興するのを待ったのか、姉の学校の都合だったのか、すぐには大阪に戻らず、子供たちと徳島に残っていた。

大阪にやって来た少年〇ちゃんは、青春を謳歌しようとした。近くには「松島新地」という赤線があり、なまめかしい雰囲気に舞い上がっていた。昼間は近所の氷屋でアルバイトをして毎晩、飲み屋に通っていた。集団就職で鉄工所にやって来ていた少年たちと仲良くなり、友達が増えていった。

「俺の田舎は鹿児島や。西郷どんの遠い親戚だぞ」

「すごいなあ。わしの親戚にもサムライの子孫がおるらしいけど、ようは分からん。お前は、酒はやっぱり焼酎がええんか」

「オヤジたちは焼酎ばっかり飲んどったなあ。日本酒は見たことがなかったわ」

「お前も飲んどったんか」

「子供やったから、酒は大阪に来てからや」

「わしも、そうや。中学までは徳島の田舎におったで」

「お前、年はいくつや」

「十六や。もっと上に見えるやろ。びっくりしたか」

「まだガキやないか。ガキが酒飲んだらアホになるぞ」

「お前かて、同い年ぐらいやろ」

○ちゃんは、松島新地の店の布団部屋やヤクザの博奕場の休憩部屋に潜り込んで寝たこともあった。春雄は愛人の家に通い、夜はほとんど自宅にいなかったので、○ちゃんも帰宅せず、ねぐらを変えながら「不良していた」という。

顔見知りになった松島新地のお姉さんに可愛がられ、ほどなく、白粉のにおいにむせながら「大人」にしてもらった○ちゃん。遊びまくるつもりだったが、真面目に働いていなかったので、いつも小遣いに困り、青春は十分には謳歌できなかった。

界わいを縄張りにしていたヤクザの組員の友人もできて、いつしか不良グループと連れ立って歩いていた。ある日、リーダー格に誘われた。

「おい、○コー、カネ稼ぎに行こか」

「どないすんの」

「夜な、酔うてフラフラしとるおっさん捕まえて、カネもらうんや」

「警察に捕まるんとちゃうのんか」

「あほぬかせ。捕まるようなことをせんと儲からへんがな。一緒に行くんかいな、行かへんのかいな」

「ほな、行くわ」


狙いをつけていた犯行現場までタクシーで向かうことになった。だが、メンバーが多すぎて、全員が乗りきれず、最年少の○ちゃんは外された。出かけたメンバーは、まんまと路上強盗をやって金をせしめたが、間もなく三、四人が警察に捕まった。

組員だったメンバーは何回も捕まったことがあったようで、懲役五年の実刑を食らった。結果的に犯行に加わらなかった○ちゃんは、前科はつかないですんだ。

この騒動の後、春雄が組長に、○ちゃんを組員の仲間にしないでほしい、とかけ合ったようだ。組長に呼ばれた○ちゃんは「○コー、うちのやつらとはもう付き合うなよ」と言われた。それがきっかけでいったん春雄の店に戻ったが、春雄は相変わらず愛人のところに通っていて、何となく面白くない○ちゃんは、すぐにまた家出して「不良」を再開した。

落ち着いた生活が送れずに半年から一年ほど大阪にいては、徳島に帰り、すぐとんぼ返りといったことを繰り返した。○ちゃんの将来を案じた春雄は、○ちゃんが十八歳になるのを機に「修行」を兼ねて広島の叔父のもとに行かせた。

○ちゃんは、広島市の中心部にある紙屋町に移り住んだ。東京オリンピックや新幹線の開業のちょっと前、所得倍増計画の掛け声に乗って、世の中は高度経済成長期に突入していた。原爆の記憶も薄れがちなほど街は復興していて、近くの流川、薬研堀といったネオン街は賑わっていた。商店街を歩いては、○ちゃんのときめきが止まらなかった。

「広島は、別嬪ばっかりやないか」

石炭商や氷屋を経営する叔父を手伝いながら広島暮らしを楽しんだ。石炭は当時、ストーブ用に山間部の役場や小中学校などにおさめていた。公共施設の石炭購入を取り仕切る担当役人が時々、訪ねて来る。叔父が彼らに小遣いを渡し、酒に弱い叔父にかわって、○ちゃんがネオン街で接待する。

なじみの店がいくつかでき、ホステスたちとも仲良くなった。叔父から金を預かっていたので、払いのいいお客さんだった○ちゃんは店の人気者だった。思い切りモテた。この頃になって、ようやく「遊び」を覚えたような気がした。父親譲りの「才能」が開花していく。

常連になったスナックで人気のあった久美子は、県北部の出身で○ちゃんと同い年だった。フランス人形のように色白の、ほっそりした別嬪さん。年の割には、かなりの経験があったようだが、出会ってすぐに○ちゃんに思いを寄せていた。

「○ちゃん、うち、○ちゃんが好きじゃけん、付き合うてくれる?」

「ええけど、結婚とか、言わへんやろ。オレ、そんなん苦手やねん」

「○ちゃんと一緒におったら、ええんよ。楽しいから頼んどるんよ。お願い」

「よっしゃ、明日、デートしょうか。なに食いたい？」

「うちな、『酔心』にいっぺん行ってみたいんじゃ。あの店に憧れとるんよ」

「行こ、行こ。オレは何べんも行ったことあるで。カキがほんまに旨いで」

「うれしいな。楽しみじゃわ。今夜、うれし過ぎて寝られへんかな。○ちゃんのところに泊ってもええかいのう」

「かまへんけど、ええんか？」
○ちゃんの最初のモテ期だったのだろう。ホステスを渡り歩きながら、広島暮らしを謳歌していた。
「こない女がよおけおったら、どないなるんや」

次々と相手が現われて二股、三股、みんなと仲良くした。絶好調だった。

叔父は、○ちゃんを一人前の商売人にしようと経理の専門学校に入学させた。

だが、勉強嫌いの〇ちゃんは、在籍しただけで、通学した記憶はない。学校に行く振りをしながら、町をぶらぶらして時間をつぶし、喫茶店、映画館、そしてパチンコや競艇、競輪にも行った。

時には真面目に働くこともあり、個人宅への石炭訪問セールスもした。セールスでは、うれしい出会いがあった。広島市内でガリ版印刷屋を経営していた中年の人妻は、妖艶な美人だった。ひと目で〇ちゃんに好意を持ち、すぐに亭主に隠れて付き合うようになった。

色気あふれる女主人は、気が多かったようで、隣家の青年とも遊んでいた。しかし、色気、ヤル気では、〇ちゃんも女主人に負けてはいない。大手銀行に勤めながらその印刷屋でアルバイトをしていた、かわいい女性に目をつけ、女主人に内緒で口説き落とした。

「奥さんはなあ、隣のサトルが好きみたいやで。サトルもうれしそうや」

「そんなことないと思う。奥さんは旦那さんがおるし、サトルさんは私をデートに誘ってくれるから、私に気があると思う」

「おとといの晩、奥さんとサトルが手をつないで薬研堀を歩いとったで」

「うっそお。サトルさんに聞いてみるわ」

「やめとき、やめとき。奥さんが困るやろ。旦那さんに知られたら、えらいこっちゃで」

「どうしょうかなあ」

「あんな奴は忘れて、ボクといっぺんデートしょうか。おもろいところに連れてったるがな」


いろんなことに縛られるのがいやな○ちゃんは、叔父の家を出て独り暮らしを始めていた。仕事は間もなく、勤務時間に余裕のあるタクシー運転手に変わっていた。女子行員との初デートの「おもろいところ」は宮島競艇場だった。ボートのエンジンのうなりを聞きながら、○ちゃんの心と体は燃え上がっていた。

それまで付き合った女性と同じく、女子行員とも遊びだけで終わってしまうのかと思っていた。だが、学歴にとどまらず職歴にもコンプレックスを持つ○ちゃんは、彼女が大手都市銀行勤務だということに恐れ入り、さらにそれまで付き合ったことのないような純朴さにほれ込んでいった。遊ぶどころか、すっかり魅入られて、一気に結婚まで持ち込んだ。生まれて初めての本気の恋愛だった。少なくともその時はそう思えた。

彼女は、初デートをした宮島競艇場の向かいの宮島出身。厳島神社の神々しさを身にまとったかのような雰囲気さえあり、○ちゃんは運命的なものを感じていた。

結婚が決まり、父親の春雄に報告をした。春雄は「神聖な島で育った娘さんや。大事にせえよ」と喜んだ。○ちゃんが二十四歳の秋、妻の正子は五歳年下だった。

さすがの遊び人○ちゃんも結婚で年貢をおさめたかのような気がしていたが、実は、年貢をおさめることはできなかった。「浮気はしません」と誓った結婚のはずだったのに、相変わらず腰が据わっていなかったのだ。まちで見かけたかわいい娘は必ず気になった。○ちゃんの遊び心は永遠に不滅だった。

正子が言った。

「○ちゃん、またあの娘を見ているん？」

「ちゃう、ちゃう。あの娘の隣の兄ちゃんがな、おかしい格好をしとるから、ついつい気になるんや」

「うそ、あの娘がかわいいからやろ」

「見てへん、見てへん。気にしすぎや」

いつでも、どこでも気になる娘がいると、よそ見して、その娘を見つめてしまう。気づいた正子が焼きもちを焼く。ささいな痴話げんかは絶えなかった。

広島市内の文化住宅を借りて新婚生活が始まった。正子の実家の家業である自動車修理工場で働くようになった○ちゃんは大事にされ、我が物顔で振る舞ったという。

だが、気の多い○ちゃんは、若殿のような生活に飽き足らずに三、四年もすると、春雄のいる大阪へ帰ろうとした。

夫婦で出かけた大阪万博の見物がきっかけとなり、大阪への里心がついてしまった。

正子と幼い長男を連れ、九条の二間だけの文化住宅に引っ越した。春雄の商売を手伝い、九条界わいが「生まれ故郷」のようになっていく。

「港に近うて、ちょっと荒くれた雰囲気がありながら、妙に落ち着くまちや。住んどる人間は一生懸命で、おもろうて、ええやつばっかりや。赤線やった松島新地がずうっと健在なのもすごいわ。ここにおると、ほっとするんや」

春雄は相変わらず愛人を囲いながら自転車屋を営み、古物商も始めていた。多くの観客が詰めかけた万博会場での忘れ物や落とし物の買い取り、転売も手がけていた。魔法瓶、傘、カメラなど様々なものがあふれていた。

買い取った品物の整理を手伝っていた〇ちゃんはある時、使用前のたたんだオムツの間から六万円を見つけた。春雄に内緒で、やはり手伝っていた姉と分け合った。

春雄からもらう給料は少なく、酒代にもこと欠いた。だけど、飲みたい〇ちゃんは、夕方になると近所の飲み屋に向かった。友達の機械工たちにおごってもらっていたのだ。当時、町工場に自分の機械を持ち込んで仕事をしていた工員がおり、かなり稼いでいたようで、気前がよかった。

「〇ちゃん、こいつな、今月からわしと同じところで働いとる新城や。よろしゅう頼むで」

「こっちこそ、よろしゅうな。いっつも一緒やった斎藤がおらんなあ。今日はどないしたん?」

「あいつな、東大阪の実家に機械を持って帰ったわ。オヤジさんが病気になったんやて。ほんでオヤジさんの工場を継ぐらしいわ」

「ほうか。実家が工場やっとたんかいな」

「新城は沖縄から来とるんや。○ちゃん、かわいがってや」

「新城君、実家は何屋やねん？」

「オヤジはサトウキビを作っとります。ボクは男ばっかり四人兄弟の上から三番目です。長男がオヤジと百姓をしとって、すぐ上の兄貴が尼崎、弟が名古屋で働いとります」

「そうか。わしも広島に出稼ぎに行ったことがあってな、女房は広島の娘や。別嬪やで。あんたもええ娘を見つけなあかんなあ」

「○ちゃん、ええのがおったら、自分で遊ばんと、新城に紹介してや。ほんで、手に余ったらわしにもな」

「何を言うとるんや。お前にはかわいい嫁と子供が二人もおるがなあ。ほかの女にいって嫁を泣かしたらあかんで。新城君のはわしに任しとき。まず乾杯や」

ある時、近所の知り合いの不動産屋が高齢のため廃業すると聞いた。気になって訪ねると「あんたが不動産屋をやったらどうや。そこそこ儲かるで」とすすめられた。父親から独立して商売をやりたいと考えていた○ちゃんには、渡りに船だった。さっそく開業準備を進めた。経験のない業界だったが、先輩たちからの応援もあって一九七三年五月、九条のビルの階段下に二坪の不動産屋を開店させた。

世の中はニクソンショックから円高不況に陥り、第一次オイルショックに向かっていた。波乱の時期だったが、準備はスムーズに運んだ。○ちゃんは、小さいながらも自分の事務所を持った高揚感に包まれ、晴れがましかった。地元にじわっと根を張って、たくましく生き続ける不動産屋の誕生だ。珍しく早い時間にシラフで帰宅した○ちゃんに正子が言った。

「あんた、これからはちょっと暮らしが楽になったらええねえ」

「おう、わし、頑張るからな」
「頑張ってくださいね。ほんまお願い」
「任しとき。大丈夫や。やったるで」

〇ちゃんには、広島生まれの長男、大阪生まれの長女と二男の三人の子供がいる。出産時のトラブルが原因で長男に障害のあることが、大阪に来てはっきりした。発育が遅いのは以前から何となく気づいていた。ちゃんと躾ければ大丈夫と考えていたようだが、成長するにつれイラついていく自分が怖かったという。

食事のたびに食べ物をボロボロこぼす子供を見て「なんで、ちゃんと食えんのや」としかりつけた。腹立ちまぎれに正子に「お前がちゃんと育ててないから、このざまや」などとうっぷんをぶちまけた。歳月を経て、〇ちゃんが述懐する。

「女房のせいばかりにして、完全に父親失格やった」

子供の障害にまともに目を向けず、育児は正子に任せっきり。そんな生活から目を背けるように、○ちゃんは家出状態になっていく。現実逃避だったのだが「怒りが爆発しそうな自分を抑え込もうとした」ともいう。破滅型のようで、実は生真面目な○ちゃんの偽らざる気持ちだったのだろう。

生真面目なのは下半身の欲望に対しても超がつくほどだった。

「家出」がきっかけのようになって、○ちゃんの女性遍歴は、はからずも快調に進み始めていく。女性の部屋に転がり込むのではなく、大阪市内に自分の部屋を借りて、時に同棲もするようになっていた。

「家庭」というタガが外れた。年貢をおさめ損ねていた○ちゃんは、女性を口説かずにはいられない。口説くために家出をしたのだろう、と言われてもまともに反論はできないかも知れないと思った。

抑えきれない欲望、欲情が燃え上がっていく。女性、それも若い方がいい。思いのままに惚れて振られて、振られて惚れて。懲りない○ちゃんがいた。

「親父からの遺伝は、助平だけやったんかなあ」

一年前後で交際相手を代えながら、たまに正子の元に帰ることもあった。だが、三十歳代の後半からは正子と顔を合わせることもなくなり、完全に別居状態となってしまった。

この一方で、妻子の暮らしはしっかり支え、離婚には踏み切らなかった。お互いに納得して籍を抜いたのは二〇一〇年。〇ちゃんは六十八歳になっていた。このころ前後して、両親が亡くなった。春雄は愛人に先立たれて、さみしく逝った。花枝は大阪市内で長女と同居していた。〇ちゃんは両親との日常的な交流はほとんどなかった。葬儀の世話をして初めて、亡くなる前の生活ぶりを知ったが、教えてくれた二人の姉もしばらくして相次いで他界した。

五十九歳の時、〇ちゃんは、九条のスナックでアルバイトをしていた女子大生のユミちゃんに恋をした。十八歳のみずみずしいユミちゃんに完全に舞い上がった。


「今夜は、笑顔を向けてくれた。きのうの笑顔より、今日の方が好きだ」

「声をかけたのに、振り向いてくれなかった。嫌われたのだろうか。店がやかましかったからかな。明日も店に行ってみよう」

「店のカウンターで、体がぶつかって、ちょっと触れてうれしかった。彼女もうれしそうだった。安心した」

「カウンターにいつもの若いやつが今日もおった。ユミに惚れとるようだ」

「今日もあいつがおる。ユミを口説いとるんか」

「ユミがあいつを無視してくれた。付き合っては、ないな。よかった」

「帰り際、何か言いたそうだった。何だったのかなあ」

「こっちを見る笑顔が気になる。気になって、思い出して、寝られへん」

「デートに誘ってみようかな」

「手をつないでみたいなあ。小さくて、やわらかで、気持ちがいいだろうなあ」

「今日はどこまでいけるかなあ。キスまではいきたいなあ」

「迫ったら嫌われるかなあ。大丈夫そうやけど、勘違いかなあ」

「今夜こそ、抱きしめてみよう。できるかなあ」

「キスしたぞ。かわいかったなあ。ほんまに好きやわ」


デートを続けているうちに、○ちゃんの部屋に泊りに来たことがあって、キスをした。しかし、それ以上には進めなかった。

「十八歳は若すぎる。わしと付き合うては、彼女の人生がだめになる」

ユミちゃんには、遊び人に似つかわしくないほどの純情な○ちゃんだった。

毎日、ユミちゃんのことを日記に書いた。他愛ない内容だが、ユミちゃんの何気ない表情、ささいな動きに、○ちゃんへの思いが隠されていると思い込もうとした。深読みしすぎて、天真爛漫なユミちゃんに翻弄され、狂おしいほどの感情にもだえていた。

結ばれてはいけないと思う反面、自分のものにしたいという欲望もあった。出会った時からユミちゃんへの恋心を募らせ続けていた。

還暦寸前の○ちゃんが甘酸っぱい、初恋のような、もどかしさに身を焦がしていた。女性との付き合いは百戦錬磨のはずだった○ちゃんが我を忘れかけたユミちゃんへの恋は、一年ほどで終わった。ユミちゃんがバイトを辞めたのが、区切りとなったようだ。

「わしはなあ、自分から女性に、アレをやろうとか、やらせてくれと言ったことはないんや。よう言わんのや。大勢と付き合ってきたけど、言えんかったわ。断られるのが怖かったんかなあ。女好きやのに、小心者なんやろなあ」

自分のタイプの女性に出会うと、いくつになってもときめきを感じてしまうという。気弱な○ちゃんのひと目ぼれは止まらない。

老いるにつれて恋愛感情がわかなくなって、色欲も消えるなどと言われることがある。しかし、○ちゃんは思う。老人は恋愛に臆病になるだけ。できる、できないは別にして、性欲がなくなることはない。

「ときめき」を失ったら、人生は終わりだ。だから「死ぬまでセックス」の人生が理想だ。週刊誌のキャッチコピーのようだが、○ちゃんは、それが元気の秘訣だと考えている。そうありたいと願っている。

物件の売買、賃貸、仲介、管理など不動産業は順調だった。廃業した先輩の不動産屋からの引継ぎ案件や、○ちゃんが九条界わいで培ってきた人脈を駆使して取り扱いが着実に増えて行った。

大規模開発に伴う、ちょっとやばそうな案件を聞いたこともあった。政治家への裏金作りと思われる巨額取引のうわさだ。購入額を実勢価格の何倍にも設定して取り引きし、取引後に仲介者にキックバック。その金がヤミ献金になるといったような、映画かテレビドラマのような話だった。

果たして取引がうまくいったのかどうか、知らぬが仏、触らぬ神に祟りなしだった。そんなすごい話よりずっと規模の小さい、スキャンダルめいた案件がいくつか持ち込まれたこともある。

摘発されるようなリスクを冒してまでガツガツやるのは、〇ちゃんの緩くて楽しい人生観には似合わない。だが、おいしい話をみすみす捨てるほどお人好しでもない。法律には触れない「絶妙のバランス」を保ちながらごちそうは、それなりにいただき、商売に励んだようだ。

九条の飲み屋で出会った組長に信用され、組長の所有するマンションの管理を任されたことがあった。契約を結んだその日、連れて行ってもらった十三のキャバレーで出会ったホステスに一目惚れ。他の店に移籍させ、通い詰めて指名し、ナンバーワンにしたこともあった。

飲み屋での出会いだけじゃなく、不動産業での付き合いの中で「恋愛」のチャンスはたくさんあり、何人かとは同棲したこともある。〇ちゃんの部屋から女性が途絶えることは、ほとんどなかった。

ターコ命

還暦を過ぎたころ、参加していた川柳の会の例会で訪れた温泉施設でターコと出会った。昼間は別の会社のＯＬで、夜はパートタイムで働きに来ていた。

「かわいい娘やなあ」と思った瞬間、〇ちゃんの恋心が発動した。

名前も知らないまま写しまくったターコのスナップ写真を、温泉施設に郵送して知り合うきっかけをつくった。

やがて、デートを繰り返し、まぶしいくらい明るい性格のターコに夢中になり、ターコも応えてくれた。一年もしないうちにマンションでの半同棲のような生活が始まる。

「〇ちゃん、うちでええの？」

「ターコがええんや。ほんまに好きや」

「〇ちゃんとは結婚でけへんよ」

「わかっとるよ。わかっとるけど、一緒にいたいんや。ターコはここでわしと暮らしてもええんか？。わしも結婚のことは、言われへん」

「うん、ええよ、それで。○ちゃんが大好きやから」

「おおきにな、ターコ」


ターコがすべてだと思った。ターコへのいちずな思いを抱きしめながら暮らした三年間だった。浮き浮きしながらターコの待つマンションに帰った。新婚のようにときめいていた。


「○ちゃん、うち、今日も残業やねん。かなわんわあ」

「仕事は忙しいうちが華やで。ヒマになったら会社、終わりやがなあ」

「そやかてな、残業やいうても、夕方からの宴会みたいなもんやで。うち早よ帰って来て、○ちゃんと一緒にいたいわ」

「そんなん断わったらええんとちゃう？」

「社長と部長がな、しつこく頼んでくるから、断わりにくいんよ」

「接待か？　ほんまはターコに惚れとるんとちゃうか。わしが断ったろか」

「そんなん、あかん、あかん。うち、会社を辞めなあかんようになるから、困る」

「それでもターコが心配やから、ほんまにいうたろうかなあ」

「あかんて、○ちゃん。うちが好きなんは、○ちゃんだけやから安心しとって」

「しょうがないなあ。ほんでも、早よ帰って来てな、淋しいから」

「早よ帰って来て、何すんの？。えへへ…」

「あほなこというてんと、早よ行き。遅刻やで」
○ちゃんは文化人らが集う川柳の会に加入していて、例会にターコを同伴したこともあった。親しい会員には紹介し、カップルとして扱ってもらった。楽しいひとときだったが、そんな時間は、あっという間に過ぎ去って行く。

ターコが新しい会社に移って間もないころだった。マンションに帰って来たターコが思いつめた表情で「大事な相談があるの」と話しかけてきた。〇ちゃんがずっと恐れていたことだった。

「〇ちゃんな、うち彼氏ができてん」

「ああ、そう、それは良かったなあ」

〇ちゃんは、素っ気ないふりをしてそう答えたものの、次の言葉が出てこなかった。気まずい沈黙の後、ターコが切り出した。

「その人と結婚しようと思ってるねん」

しばらくして〇ちゃんが、絞り出すように言った。涙声になっている。

「そうか、わかった。ターコは幸せにならな、あかんしなあ。そうやなあ、わしとおっても幸せにはなれんもんな。しゃあないわ、わしは、そろそろ諦めなあかんのやろな」

ターコが〇ちゃんを見つめて言う。

「結婚してもええの？　淋しないの？」

「淋しいに決まっとるやろ。けど、ターコは結婚したらええ。わしの事なんか気にせんと、結婚せなあかんねん。わしも願っとることや」
○ちゃんは泣いていた。喋るほどに情けないくらい涙があふれた。ターコも目に涙をためている。
「ありがとう。うちは、○ちゃんが嫌いになったんとちゃうよ。いまでも○ちゃんが大好きなんやで」

「わしもや。どうしょうもないほどターコが大好きや」

「うちな、○ちゃんと付き合うて、人の愛し方を教えてもらったわ。絶対に幸せになる」

「うん。幸せになりや」


それまでにも将来のことを話しながら、何度か別れ話になったこともあった。距離を置こうとした時期もあった。しばらくすると、いつもターコが○ちゃんの元へ帰って来た。しかし、今度は違うと○ちゃんは感じていた。ターコの決意が見えたと思ったのだ。

ほどなくターコは結婚した。式の当日、○ちゃんは事務所は開けたが、何も手に付かない時間を過ごしただけだった。夜、マンションで酒をあおって大泣きしてしまった。一年後、ターコはママになり、母子の写真付きのはがきをもらった。うれしくて、淋しかった。

あめちゃんと昆布

大阪のおばちゃんがポケットに忍ばせている定番のあめちゃん。初めて会った相手にも「あめちゃん、いる?」「あめちゃん、どうぞ」。コミュニケーションの絶妙な前振りだ。〇ちゃんのポケットには昆布だ。

細長くカットした昆布は貴重な「がごめ」。とろみ、ねばねばで有名な昆布。あめちゃんの代わりにしがむと、コクのある上品な味と香りが口いっぱいに広がる。食べるとお腹で膨らむから腹持ちがいいと、〇ちゃんが考え出した、栄養満点の強力なアイテム。普通の飲食店では太刀打ちできない味わいの「がごめ」だ。

最初は、コンサートなどでの空腹を我慢する一時しのぎに、短冊状の市販の味昆布を食べていた。だが、こだわりグルメの〇ちゃんは、お菓子のような昆布に飽き足らず、昆布の中でも超一流の北海道産の「がごめ」を仕入れてカットし、出かける時の必需品にしている。内緒だが、ビヤホールでのビールのおともにも一番。

第二章　役たたぬ事ほど知れば面白い

大阪・ミナミの料亭の経営者で放送作家、文筆家だった田中日出夫さん。川柳、書の名手、並外れた食通でもあった。あふれる才能を生かして幅広く活動し、周りの人達からは「先生」と呼ばれていた。○ちゃんが「一番、影響を受けた」という人だ。

スーパー先生の登場

○ちゃんが尊敬してやまない田中先生は、稀代の酒好き、女好きだった。様々な女性と交際を重ね、五人を入籍、子供は四人だったか。六十歳を過ぎてからも四、五人の女性と付き合い、そのうちの一人とは古稀を過ぎてから契約を結んでの同棲生活だった。入籍した女性の借金は立て替え払いをした。三千万円を肩代わりしてもらったという女性もいた。

何番目かの妻は某組長の愛人だった。面目をつぶされた組長は激怒し、田中先生の店に殴り込みをかける勢いだった。しかし、田中先生は動じない。「カネで話をつけてえな」ともちかけた。

組長は怒りをぐっと飲みこんで「なんぼ出すんや」。こうなると、田中先生のペース。女性にかける金に糸目はつけないから、あっという間に話がまとまった。いくら払ったかは分からないが、相当な額だったのは、間違いないようだ。

料亭のもうけは女性につぎ込んでいたのだろう。そういう意味では、商才は怪しかったのかもしれない。バブル期に山陰の温泉地の倒産ホテルや土産物店を買収し、身内の者に経営させたが、いずれも取引先の銀行の口車に乗せられた挙句の大失敗。晩年、借金が数十億円に膨れ上がって破産した要因のひとつでもある。

最後の同棲相手は、契約を交わした元クラブホステスの玲奈ちゃん。人懐っこい美人で、勤め先のナンバーワンだった。クラブの常連客から田中先生を紹介され、付き合い始めてすぐに先生の料亭ビルでスナックを開業した。二人の細かい契約条項は分からないが、不動産屋の○ちゃんは、ミナミで二人の「愛の巣」となるマンションを探した。先生の引っ越しも手伝った。

玲奈ちゃんの店は賑わっていた。通路を利用したカウンターだけの細長い店に椅子が十席あまり。カメラマン、歌手、画家などクリエーターたちも集っていたが、先生の破産で退去し、同棲も終了。

玲奈ちゃんはミナミの別のビルで新たなスナックを開店させた。焼酎がウリの店で、料亭ビルの店の常連客のほとんどがついて行き、客足は伸びていた。さすがに田中先生は足が向きにくいようだったが、誘われると断らず、まんざらではない表情でカウンターに座っていた。

先生の身近で限られた人間しか先生と玲奈ちゃんの関係を知らなかった。だから、先生が同席していても玲奈ちゃんを口説き続けていた独身サラリーマンも何人かいた。クラブナンバーワンだった玲奈ちゃんは心得たもので、さりげない対応で交わしながら、上手につなぎとめていた。商社勤務のイケメンは料亭ビルの店のころから玲奈ちゃんに入れ込んでいた。

「玲奈ちゃん、店が終わったら飲みに行こうよ」

「うわあ、うれしいわ。どこに連れて行ってくれるの？」

「会員制の秘密クラブみたいなところ」

「ええっ、そんなところがあるの？。ちょっといやらしい感じがするね。興味あるわあ。行ってみたいなあ」

「よっしゃ、予約入れるわ」

「うーん、行きたいけど、今日は無理みたい。母が田舎から来たの。さっきメールが入ったから。ごめんね。また誘ってね」

玲奈ちゃんの母親は何度か娘の店に遊びに来ていた。料亭ビルの時にも現われ、田中先生と飲んでは、下ネタで盛り上がるというさばけた母親だった。娘と田中先生との関係を知ってか知らずか、つかみどころがない人だった。玲奈ちゃんが客の誘いを断るのに何度も登場する「有名人」ではあった。

やがて玲奈ちゃんは「結婚するの」と常連客に告げて店を終えた。ミナミから去って行ったようだ。電話をもらった○ちゃんは、玲奈ちゃんの弾んだ声に、ほんとに結婚相手が見つかったのだと思った。
○ちゃんが田中先生と知り合ったのは、一九九〇年代の終わりごろ。付き合っていたクラブのホステスに連れられて通うようになっていた法善寺横丁の小料理屋のカウンターだった。

店は料理通を惹きつけていた名店だ。強烈な印象を振りまいていた大将は、鍛え上げた料理人。素材選びから調理までこだわり抜いた名人芸で、マスコミで何度か紹介されたこともあった。書かれたメニューはない。大将の腕に任された、日によって違う厳選食材があるだけ。

大将は無類の酒好きだった。肝臓の調子が悪くなって、入院生活も経験していたが、退院すれば気にしない。カウンターの中で、客に勧められるまま酒をあおっていた。生き急ぐかのように飲んで逝ってしまった。八十歳は超えていたようだが、いくつだったのだろうか。


ある夜、常連だった田中先生がカウンターに並んだ、ホステス連れの○ちゃんに声をかけた。

「明日の夜なあ、大川に船を出すんやけど、三人足らんねん。別嬪を連れて来てくれや」

急な頼みで面食らったが、面白そうなので、船に乗った。同行してくれるホステスは見つからず、状況がつかめないまま、一人で参加した。大阪市内の川を巡る貸し切り観光船で、宴会付きだった。

テレビでよく見る人気落語家や漫才師、有名イラストレーター、作家、老舗食堂ビルの女将、デザイナー、演出家ら十人ほどが乗り合わせていた。田中先生と落語家が、文化人らを集めて結成した川柳の会の例会を兼ねていた。

晴れがましい雰囲気に圧倒されながら隅っこの席で大人しくしていた○ちゃんは、これがきっかけとなって、誘われるままに入会した。多彩な人脈ができ、交友が深まる場ともなっていく。字を書くというアカデミックというか文化的というか、別世界のものと感じていた川柳は、○ちゃんには想像もできないほど縁遠い存在だった。遠慮がちに田中先生に聞いた。

「先生、わし、学校出てへんから漢字を知りまへんけど、よろしいのか」

「かめへん、かめへん。ひらがなでええがな」

今も続いている川柳の会の会員は、増減があるものの八十人ほどを維持している。直木賞作家や落語家、講談師、女性川柳作家、歌手、タレント、弁護士、お好み焼きチェーンの社長ら有名文化人もいる。毎月、例会があり、自作の川柳を披露して出席者が採点し合っている。飲み放題の席なので、酔った勢いで評価が決まることがあり、おやっというような句が上位入賞することもある。

ひらがなばかりというわけにもいかず、○ちゃんは辞書を引き、ケータイで漢字を検索しながら、のめり込むように句を作った。センスはあったのだろう。生活感のにじんだおもしろい句を作り、初心者にしてはいい評価を受けた。ベテラン会員となった今は、快調におもしろい句を連発している。

潮よめず満ちた小磯で孤立する
誇るもの無くて七癖有り過ぎる
まいったと言うて毎日生きている

歩歩歩歩歩あるくのいやになっている
午前9時車中の女性変装中
あんぐりと口を空けててつねられた
なんでやねんスルリスルスル札が逃げ
ブランコに乗って過去へと戻りたい

少年時代から本を読むのが大嫌いな○ちゃんは、人知れず学歴コンプレックスを抱えていた。そのコンプレックスがちょっと邪魔をしていたのか、知り合ったころは田中先生に近寄りがたいイメージを抱いていた。

しかし、なぜか十一歳上の田中先生は、そんな気持ちには気づかないかのように○ちゃんを丸ごとかわいがった。不動産屋として歩んでいるうちに身に付いた、人間としての「柄」に先生が惹かれていたのだろう。

「○ちゃんはなあ、ええ男やで。あれはええ」

怖いくらいの観察眼、分析力に裏打ちされた、それでいて意外に口下手な田中先生の○ちゃん評だった。○ちゃんの人たらしの本領が発揮されたのだろうか。先生が自らの著書で○ちゃんのことを書いている。

不動産屋のクセにかけ引きを知らない。まっとうに若い女に惚れて、見事振られる繰り返しが続くが、本人はそれで納得している。純情一途。女にだけでなく痴呆症の友人に身内もできぬほどの世話をする。心根がやさしいのだ。

釣りが好き、食べ物が好きで自ら干物を作り燻製を作り、行きつけの飲み屋に配る。それをアテに酒を呑んで勘定を払って楽しんでいる。NHK川柳の常連で〝○無文〟という柳号。学問にも金にも縁は薄いが、情の厚いヤツである。

俺を勝手に大師匠と呼んで、遠井絵里の一番弟子と喧伝している。師匠はジイより別嬪が良いらしい。酒の相手に困ると彼を呼び出す。奢ったり奢られたりの気遣いがなくて良い。何やかやと乾分のようにこき使うが、怒った顔は見せない。人間も丸い。広島出身で広島菜漬けを毎年送ってくれる。

田中先生の友人、知人ら百人が、先生の膨大な川柳作品の中から気に入った一句を選び、短いコメントを寄せる。それを受けた田中先生が、その「選者」の評を書く、といった趣向の著書だった。〇ちゃんも登場して選句している。

独り者猫と一緒に伸びをする

選句する候補の句が多いから、先生から選者に指名されたみんなが困ったようだ。

〇ちゃんは「この方に出遭って『役立たぬ事ほど知れば面白い』という事を色々学ばせていただき、面白い日々を送らせてもらっております」とコメントしている。

川柳の会に入ってからは毎夜のように法善寺横丁界わいで田中先生と一緒に飲むようになった。田中先生の不動産投資の失敗談やら女性遍歴の一端、川柳談義などを聞いた。女性に関しては、ひときわ敏感な先生が、酔っ払って焼きもちを焼くこともあった。

「〇ちゃん、あの娘とやってもうたんやろ。あかんがなあ、わしが狙うとったんやで」

「先生、考えすぎでっせ。先生がええと思った娘に、手なんか出しまっかいな」

〇ちゃんが、よく連れ立って飲んで、自らの川柳の師匠と公言していた遠井絵里さんには、先生がほれ込んでいたようで、〇ちゃんは何回も関係を問いただされた。先生は遠井さんに迫ろうとするが、寸前でかわされ続け、恋愛関係には持ち込めなかったようだ。触れなば落ちん、といった風情の遠井さんは、実はかなりのしっかり者だったのだ。先生の著作での遠井さんのひとこと。

「嘘をつく事を覚えて恋実る」このごろやっとです。フフフ

思わせぶりな遠井さんのことを先生が書いている。ちょっと力んだ先生が見える。

「今日で君と会ってちょうど５００日」男囁くわっと飛びのく
俵万智の短歌は、底に川柳の持つ人の心の穿ちを口語会話体を存分に駆使してのものである。それを五七五に集約しようと試みたのが遠井絵里姫。

「困らせて君は楽しんでいる」そうよ

俳句も川柳もシルバー化してはいけないとＮＨＫ関西が彼女に目をつけた。美しく若い川柳作家の誕生である。しかし人の心を読む川柳では、彼女の美の陰にかくれた鋭さを見抜けないでしまう。

手垢の付かない言葉で繰り広げる彼女の世界は、自身の生き様でもある。三十路を超えると姫も姫でなくなる。そろそろ男ごころの深層心理を知る年齢。教えてあげたいが俺に乞う意志はないらしい。酒が滅法強いのは淋しがりやのせいかも知れない。

欲しいのはワインのあてになる男　――　俺のことか？

遠井さんは神戸出身。大学卒業後に本格的に川柳を始めて急激に実力をつけ、マスコミにもしばしば登場するようになった。田中先生は才能を認めながら、「もっとようけ句を作って勉強したらぐっと伸びるやろう。それにしても、ええジャンルに目えつけたわ。若い別嬪がほとんどおらんから、売れっ子になるで」と期待した。

遠井さんは先生が亡くなる少し前、東京に活動の場を移した。お笑い界の大御所のプロダクションなどに所属し、数少ない女性川柳作家タレントとして、テレビ番組などに数多く出演し、今も活躍中だ。

田中先生は法善寺横丁で生まれ、育った。大阪文化のるつぼのような横丁を駆け回り、法善寺の墓場でかくれんぼ。墓石の陰でうれしくて、はずかしい遊びもしたと述懐していた。

大学時代から文筆の才能に目覚め、テレビ番組の構成なども学んだ。大阪のテレビ局で若手落語家らを起用した番組の企画・構成を担当し、超人気番組となった。今も活躍している多くのスター芸人の登竜門だった。

田中先生は構成作家に飽き足らず、プロダクションの経営にも乗り出し、東京で独自の流派を率いた人気噺家横山嘉太郎師匠、雨野茂、黒木夏江といった男女の人気俳優ら有力タレントが所属していた。

ギャラでもめたとして、横山師匠が田中先生を訴えたことがあった。法廷で二人が漫才のようなやり取りをして、裁判長が「法廷で遊んではいけません」と怒ったそうだ。半分シャレで訴訟を起こしたのかも知れない。二人は楽しんでいるかのような口げんかを繰り広げた。


「裁判長、この社長は、会社で稼いだカネを女につぎ込んで、所属タレントにまともな給料を払っていません。何とか払うように言ってやってください」

「裁判長、女につぎ込むとは濡れ衣です。仕事をもらうためにいろんな人を接待するのにカネがかかるのです」

「人に飲ませるカネがあるなら、こっちに払ってくれよ」

「いやいや、千円の仕事をもらうのに三千円分接待する。そういうのを積み重ねて、そのうちにドーンと仕事で返してもらう。そういう業界やねん」

「それを待っていたら俺は餓え死にしちまうぞ。で、宗右衛門町のよっちゃん、きみちゃん、向かいのクラブのきくちゃんとはまだ続いてるんだろ」

「あの娘らとはだいぶん前に終わっとるで。今は坂町のかよちゃんとさっちゃんしかおれへんわ」

「まだ女につぎ込んでいるな。懲りない社長だなあ。そういうことは自分のカネで勝手にやったらいいから、俺に会社のカネを払ってくれ」

「まあそないにしゃくし定規に言わんでもええがな。魚心あれば水心、昨日の敵は今日の友、弘法も筆の誤り、怒ってもしゃあないがな。もうちょっと儲かるまで待っときいな」

「なにをぐにゃぐにゃ言ってるんだい。ウナギの掴み取りじゃあ、あるめえし。こっちは生活がかかってんだから、すぐに払ってくれよ」

「おう、こっちもなあ、息も絶え絶え、儲からんでも頑張っとるんや。もうちょっと辛坊してんか」

見事なまでに軽妙な掛け合いだったという。○ちゃんは法廷にいなかったので、深く知る由もないが、判決はどうだったのか。和解でうやむやになったのか訴えを取り下げたのか。

ひょっとしたら、訴訟は田中先生と横山師匠が示し合わせて、わざと起こしたのではないか。あわよくば、マスコミ沙汰になって注目され、仕事が増えるのではないかと考えたのか。そんなことまで疑いたくなるように、ほんとうは二人は仲が良く、生涯にわたる親友同士だったことを○ちゃんは知っている。

「どうだい、最近の調子は。アレ、やってるかい?」
「やりたいんやけど、もうあかんで。アレ飲まんと、立たへんがな」
「クスリかあ。無理したら死ぬよ。しかし、お前さんは、ナニのアレのやりたい病だから、しょうがねえか」

「そや、そや。よう効くのもあるで。コトが終わってもな、いつまでたってもビンビンのまんまや。あれはかなわんで」
「死なねえと治らねえ病か。長生きしなよ」
「あんたもなあ。ほかのクスリは、やってないやろなあ。酒が過ぎてないか？」

田中先生が川柳本などを出版して、パーティーを開くたびに横山師匠が東京から駆け付け、新作落語のような祝辞で盛り上げていた。酒好きな二人が酔っ払いながら、会場の片隅で遠慮のない色事談義を繰り広げていた。幸せそうだった。そばで聞いていた○ちゃんも幸せだった。

田中先生は、大阪・河内地方の市長をしていた祖父の影響からか政治家への興味も持っていた。四十九歳の時から連続五回、同じ選挙区で衆院選に出馬したが、当選できなかった。有力政党候補の四人が当選し続け、先生はいつも五番目だった。

親友の横山師匠が参院議員に当選したことも、田中先生を出馬へ駆り立てたのかも知れない。横山師匠は一期で議員生活を終えたが、田中先生はその直後から衆議院を目指した。

二回目の選挙では、元人気アナウンサーの参院議員・上町伸二さんが応援に駆け付けた。田中先生の選挙カーに途中で美人が乗り込んできた。いぶかしげな上町さんに、田中先生が「これ、女房ですねん」と紹介した。上町さんは面食らって、思わず聞いた。

「ちょっと前に私が仲人させてもろた女性とは違うようだけど、ほんまに奥さんですか？」

「先生、すんまへん。あれとはすぐに別れましてな。いまはこれが女房ですねん」

田中先生の手の早さに、上町さんはあきれながら脱帽していたという。

上町さんは大阪の放送局のアナウンサー出身。熱狂的なタイガースファンで、試合に勝った翌朝は担当のラジオ番組で、球団歌を熱唱した。球団歌に「六甲おろし」という通称を定着させたことでも知られる。

一九七七年から国政選挙に挑戦し、参院を二期、衆院を一期つとめた。新自由クラブ、民主改革連合、新進党、自由党、保守党と所属を目まぐるしく変わった。

人気パーソナリティーで発信力に優れていて、勢い余って舌禍事件をひき起こしたり暴漢に襲われて負傷したりしたこともあった。政界引退後はテレビ、ラジオへの出演の一方、政治評論活動を続けた。

田中先生とは、選挙活動を通じて親交を深め、川柳の会にも顔を出し、愉快な句を披露しては楽しんでいた。上町さんが推奨した田中先生の句がある。

早く逝け見送る人がいなくなる

「田中さんは平成の御代に生き残った最後の粋人です。真の遊治郎（注＝放蕩者、道楽者）です。井原西鶴と近松門左衛門を足して昭和の水で割り西洋のエスプリとヒューモアの粉を掛けた人です。良い友人を持って私は幸せです」

田中先生が上町さんを評している。

政治は人気投票ではないと人気の無い人は仰有る。人気と云うのは大衆の心を掴まえているからこそ生まれる。それが例え儚く移ろい易いものであってもだ。

タイガース狂のアナとしての人気を基に政治を志した。離合集散の弱小政党を渡り、当落を繰り返しながらそれでも政界が水にあったのか一途に励み、そろそろ大臣にでもという時、三度目の落選。何故敗れたか。庶民は政界の巨悪を叩く役目をして欲しかったのに、一所懸命政界に住もうとしたからだろう。

夢敗れた今、水を得た魚のように再び放送界で跳ねている。いつどこで逢っても元気印。全身で元気を表現するので、此方も元気になる。俺の幾度目かの仲人もして貰ったのに離婚の挨拶をせぬままなので負い目を感じている。多趣味で一竿子（いっかんし）という俳号を持つ釣人。

上町さんは二〇一七年、八十七歳で亡くなった。死の八か月前までラジオパーソナリティーをこなすほどの放送人間だった。政界を退いてからはずいぶん腰が低くなったと〇ちゃんは感じていた。

川柳の会では、スター気取りはなくて周囲の席の人に話しかけては、場を和ませていた。酒は飲まないのに、おしゃべりに絶好調になると、〇ちゃんにも思わず「センセ」と声をかけるほどのハイテンション。

「わし、センセとちゃいまっせ。不動産屋でんがな」

「こりゃ、失礼しました。社長さん」

落選を重ねていた田中先生は五十代。選挙はダメだが、女性は手当たり次第といった時期だったようだ。酒も相当な量で、後に「ミナミの帝王」とか「ミナミを呑んだ男」とも言われるほどの勢いだった。

「呑んだ」といえば、先生と並び称されるかどうかはっきりしないが「通天閣を呑んだ男」と言われた豪快な人もいる。大阪の観光名所のひとつ、あの通天閣を呑んだというのだ。大阪金満アル中列伝があれば、上位にランクインするはずだ。しかし、飲み過ぎがたたって、シラフでも手が震えるといったヤワではない。夜になると、肝臓の存在を忘れてしまう人だったようだ。

通天閣を丸呑みするとは、さぞかし背の高いお人だったのではないかとチャカされるかも知れないが、ネオン街をハシゴしている間に、お供が二十〜三十人ぐらいに増えていく。ラーメンが食べたくなったら、飛行機をチャーターし、ホステス連れで札幌を往復した。

凄腕の按摩の映画シリーズなどで人気のあった大スターが、ミナミでも大勢を連れて飲み歩いていたのと比べられるほどだった。通天閣の経営に携わり、飲み代がかさんで業績に影響したのではないかとまでも言われた。

ちなみに、くだんの按摩役の大スターはミナミの橋のたもとに座っていた、有名なものもらいのおばあさんに大金の入った財布を丸ごとプレゼントしたことがあった。酔っ払った勢いだったようで、直後におばあさんの元に駆け戻り「有り金全部だったので、ちょっとだけ返してちょうだい」と拝みながら頼んだ。今のように夜中に預金を引き出すことができる時代ではなかったから、必死だったようだが、おばあさんは「もらったもんは全部わてのもんでっせ」と断ったそうだ。笑い話のような実話だ。

「ミナミ」と「通天閣」を競って飲み干そうとしたかのように言われた二人が、実際に飲み比べしたとは、さすがの〇ちゃんも聞いていないが、お大尽ぶりは双璧だと思っている。

〇ちゃんと先生との付き合いは続いた。ほどなく、政界進出を目指しながら先生をサポートしていた島袋武夫さんを紹介された。島袋さんは、田中先生が最初に出馬の相談に行った政党の大阪府本部職員だった。

選挙運動を手伝うため「田中事務所」に派遣されることになり、手続きのため先生の料亭を訪ねた。ビルに建て替わる前で、広い敷地の一戸建てだった。先生とは初対面だったが、あいさつを交わしただけで「このおっさん、選挙はあかん」と直感したという。政治家には向いていないと思ったというのだ。しかし、そうした印象にもかかわらず、その時から島袋さんと先生との深い付き合いが始まった。

島袋さんは先生の経歴書を預かった。その足で、選挙参謀を引き受けるという先生の友人である、大阪在住の有名作詞家を訪ねた。だが、その作詞家は選挙運動の経験がないという。島袋さんが「では、私が仕切らせてもらいます」と告げ、政党府本部の了解をとった。

初挑戦の選挙には敗れたが、先生の出馬意欲は旺盛で、島袋さんは引き続き先生の選挙を手伝うことになり、秘書役のように先生の雑事全般もこなしていった。

川柳の会では、○ちゃんとのコンビで事務局の役割を果たすようになっていた。例会では毎回、島袋さんが、飲み放題込みの会費五千円を集める「関所」

役だった。

国会議員の秘書経験がある島袋さんは、田中先生が出馬をあきらめてからは、自らが政界進出への意欲を見せていた。小規模政党の支援を受けながら、大阪府議会、大阪市議会議員選挙に挑戦した。

選挙戦が始まると、事務所には田中先生らが詰めて、臨戦態勢を敷いていた。しかし、戦術が奏功しなかったのだろう。当選まで、わずか五百票差まで迫ったこともあったが、議席獲得はならなかった。


〇ちゃんの事務所は島袋さんの選挙区近くにあって、〇ちゃんも応援に駆けつけていた。告示日の夕方、事務所をのぞくと、田中先生たち陣営幹部が必勝の鉢巻姿で勢ぞろいし「今回はいけるぞ」「もう大丈夫やろう」などと強気な言葉を交わしながら「ちょっと早いんやけど、一杯行こか」

選挙戦初日で勢いはあるが、早くも当選ムードを漂わせて、どことなく緊迫感に欠けていると思った。陣営の緩みを感じてしまったが、田中先生に忠告するのは、ためらわれた。

上機嫌な先生は、○ちゃんのあいさつを受けて、「応援、おおきに。今度はやれるで。島袋さんも喜ぶわ」と自信満々だったが、○ちゃんの不安は的中した。

島袋さんは大阪港そばの会社の役員などを勤めながら、選挙に挑み続けた。田中先生は、そんな島袋さんを時間に関係なく呼び出しては、個人的な雑用も頼んでいた。先生は車の運転は下手で、物損事故を繰り返していたが、高齢のため運転免許証を返上してからは、島袋さんをマイカーの運転手代わりのようにも使っていた。

島袋さんは、田中先生の恋の悩みを知っている。預けられていた先生の車の中から大量のラブレターの下書きを見つけたのだ。ホレこんでいた女性への想いを連綿とつづっていた。「おすみさん」という島袋さんも良く知っている女性あてだ。

おすみさんへのストレートな感情をぶつけながら仕事へのアドバイス、説教じみた人生訓など、持てる才能、力を存分にちりばめた「名文」だったようだが、果たしてちゃんと書き上げたのか、彼女に送ったのか。

その後、二人の仲が進展したようには見えなかったので、出さなかったか、振られたか。島袋さんは、田中先生が振られたと見ている。島袋さんともよく飲んでいた○ちゃんも、先生がおすみさんを口説こうとしているのは感じていた。ラブレターの下書きのことを教えてもらってからは時々、観察しては二人の距離を確認していたが、あまり近づいたように見えなかったので、先生が失恋したと思った。

「○ちゃんなあ、先生は上手に口説けんかったみたいやで。しつこいぐらいラブレターを送ったかもしれんけど、なんでやろ」

「下心が出過ぎて、あかんかったんとちゃうか。先生はイラチやから、難しいことを言って煙幕を張りながら、隙を見てすぐに触ろうとしてたからなあ」

「ほんまやなあ。トシいっても変わらんかったで。やる気満々やったわ」

「まあ、カネの面倒見はよかったから、もてたとも言えるか」

「そない言うたら身もふたもないけど、女には感心するほどマメやったわ。選挙で付き合いが始まり、いろんな仕事をさせてもろて、ようわかったで」

「先生は、あれやこれや仕事もようけして、忙しかったはずやけど、女のことは絶対に忘れへんかったなあ。仕事が女へのエネルギーのモトやったんか、女が仕事のモトやったんか。どっちもどっちか」

「どっちもどっち。それやで、○ちゃん」

「両方が好きやったのは間違いないわなあ。あと何年間か長生きしてくれてたら、大阪のいろんな状況が変わっていたかも知れんなあ。特に演芸界のことを気にしとったで。アイデアがようけあったようや。なんか仕掛けてもらええそうな気がしてたから、ほんま残念やわ」

毎年夏、法善寺横丁で横丁まつりが催され、境内では、川柳の会が川柳大会を催している。横丁の飲食店の関係者や常連客らから募った川柳を披露し、観客らの協力も得ながら、田中先生らが入賞、入選作を決めて、賞品をプレゼントした。

掲示した応募作を会員の講談師が大声で披講、観客らが気に入った句に挙手をして入賞、入選作の選考に参加する。狭い境内の炎天下、焼けつくような暑さが、夕方からの例会の生ビールをいっそうおいしくした。

○ちゃんは毎回、川柳を書いた札の掲示用のヒモを張るなど会場設営を引き受ける裏方に徹していた。数多い会員のほとんどが気づかないことへの心遣いが、苦労人○ちゃんの真骨頂ともいえる。

「何にもせずに黙って見ておれんのや。性分や」

法善寺横丁は大阪市の中心部にあって、長さ百メートルほどの二本の細い路地に飲食店が軒を連ねる、落ち着いた雰囲気の界わい。全体が「法善寺」の境内で、空襲で焼け残った水掛け不動がシンボルとなっている。

二〇〇二年と二〇〇三年の二度にわたり火災に見舞われた。多くの店が被災して、その復興を応援する動きが広がった。かつて父親が横丁で天ぷら屋を営んでいた田中先生は、火災直後に復興支援の大規模な署名活動を開始した。

法善寺そばの道頓堀通りでの署名呼びかけには、多くのテレビ、映画などに出演する人気落語家らも駆け付け、身動きできないほどの人波で埋まった。〇ちゃんも署名呼びかけに声を枯らした。活動はマスコミに大きく取り上げられ、ものすごい反響を集めた。署名活動が一段落したころ、田中先生が〇ちゃんにつぶやくように話した。

「昔な、横丁の親父の店が火事を出したことがあるねん。迷惑をかけた横丁に何かお返しをと考えたんや」

社会貢献などにはまるで興味がなさそうだった田中先生が突然、署名呼びかけを提唱した。川柳会員らは驚きながらも直ぐに行動を起こした。

「応援するのはええことや。ようけ酒飲ましてもろた横丁やから、なおさらや」

率先して協力していた○ちゃんは、田中先生の言葉でようやく合点がいった。法善寺横丁まつりの実行委員長を引き受けていた、田中先生や○ちゃんが行きつけの小料理屋の大将が、川柳作品集に謝辞を寄せている。包丁一筋、口下手な武骨さを抑えて懸命に書いた一文だ。


焼け跡でまだ皆が呆然としている時、いち早く法善寺を元の姿にと立ち上がって、『甦れ法善寺横丁の会』を作り、街頭で一ケ月毎日署名運動をしてくれたのが川柳会の皆さんです。

それがきっかけでマスコミが動き出しそれに行政も反応して、到底無理と思われた道幅を特例として元のままに認めて貰い、漸くこの八月十一日の法善寺祭りと同時に全店再開店、賑やかに行うことになりました。

そして、この祭りの催しの一つとして例年川柳会主催の法善寺川柳で祭りを盛り上げて頂いております。

このように川柳会と法善寺横丁は切っても切れない縁となりました。今後益々のご発展を期待しています。

法善寺横丁まつりは、横丁に石畳が復活したのを記念して一九八二年に始まった。火災などでの中断もあったが、ミナミの夏の風物詩となるまでに定着している。細い路地に横丁の店が露店を出して、さらに狭くなった石畳を大勢の人が肩を触れ合うように行き交う。

境内や庫裏のわきの小さい広場では、それぞれジャズ演奏会、演芸会などが開かれ、文楽の奉納もある。水かけ不動にはお詣りの人波が絶えない。ミナミの真ん中に、どこか懐かしい、異次元の空間が広がる。

めまいがするような真夏の日射しのもと、〇ちゃんは必ず毎回、足を運んでいる。

呑んで呑み潰れて呑んで

「おい、真っすぐ歩かれへんぞ」

いつも通っていた法善寺横丁の店で立ち上がった田中先生が、座っていたイスをぐるぐる回りながら、うめくようにつぶやいた。

連れの中年男性が笑いながら、「先生、ぼちぼち病院に行きまひょか」と声をかけた。

先生は脳梗塞を発症したようだ。中年男性は先生の飲み友達で、川柳会員である外科医。タクシーで勤務先の病院に運んで入院させた。早い発見が、後遺症を軽くしてくれたようだ。

高齢化迷惑ならば死にましょか

軽妙な川柳を詠みながら、あふれる才能を持て余すかのように呑んで呑んで、女性を愛し続けていた田中先生。晩年、倒産によって経営していた料亭ビルを手放してしまったが、詠んだ川柳とは違い、死ぬ気など毛頭なくて、恋愛意欲は衰えることがなかった。

脳梗塞から蘇って退院した後はプールでの水中ウオークでリハビリに励む一方、年寄りじみた容姿を気にして、近所の整形外科で顔のシミをレーザーで焼いて消してもらっていた。

「〇ちゃんなあ、シミ一個五十円にまけてもろうとるんや」

「それは、安いんでっか？」

「だいぶんなあ。そやけど、ようけあるから、たいへんや。もっと安うしてもらおうと思うてるねん」

「そないに無理しはらんでも、もうええんとちゃいますの」

「何をいうとるんや。クスリなしではでけへんけど、死ぬまでヤル気があるで。若づくりしとかんと、若い娘に相手にしてもらわれへんがな」

先生の酒欲、色欲は際限がなかった。後遺症のため長距離の自力歩行はできなくなっていたが、毎晩のように自宅マンションから三、四キロ離れた法善寺横丁に電動車いすで「出勤」していた。川柳会員の名句がある。

車椅子主なき夜の法善寺

なじみの店に電動車いすを乗りつけて、顔見知りを探しては盃を交わした。さすがに酒量は相当落ちていたが、酔っぱらいぶりは健在だった。泥酔して車いすの運転が無理なこともあり、そのたびに飲み友達が交代でタクシーに乗せて送り届けていた。酔うと口数が少なくなった。

「先生、マンションはどれでしたかな?」

「そこ」

「あの七、八階建てですか」

「うん」

「そやから、あの右側のですか」

「うん」

「あれ、ここは名前が違いまっせ」

「おっ、そうか」

帰りたくないのか先生は、住所をはっきり言わない。初めての人は、迷ったあげくにたどり着く。部屋にかぎは掛かっていない。

「先生、かぎ掛けとかんとぶっそうでっせ」

「かぎなんか、ええねん。盗られて困るもんは、ないわ」

プライベートにはかなり無頓着になっていた。送り届けてソファに座らせると、立ち上がらないで、そのまま寝込むことが多かった。かつて付き合った女性の夢でも見ているのか、口元が緩んでいたそうだ。

六人目の入籍はなかったが、経営する料亭ビル内に飲み屋を開店させ、住み込ませていた女性もいた。その店では、田中先生が調理場に立ち、自慢の腕を振るったこともあった。五千円の飲み放題だった。

先生の趣味が存分に発揮されたメニューで、なかなかの味だった。川柳の会の仲間が支えていた。◯ちゃんも何度か行き、無理やりカラオケを歌わされたことを覚えている。

七十代での契約同棲は料亭の倒産で終わり、以後は決まった女性はいなかった。酒席で一緒になった友人の交際女性の手を握って怒られていたこともある。懲りない人でもあった。

間もなく発症した三度目の脳梗塞から三回目の入院生活が続く。友人、知人が見舞いに行くと、うれしそうな顔はするが、あまりしゃべらず、腹筋運動のように懸命に起き上がろうとすることもあった。付き添いの長女は、「飲みに連れて行ってもらおうとしているのよ」と悲しそうに笑っていた。

長女は最初の妻との間にできた最初の子ども。知り合いの間では「イチのイチ」とも呼ばれていた。長女は父親の才能を引き継いでいたのだろう。幅広い分野の文筆活動をこなし、様々な企画を各方面に提案する多才ぶり。「イチのニ」の長男は、やはり遺伝なのか、料理の才があり、法善寺の隣で人気居酒屋を経営している。

先生はもっぱら長女を頼り、入院手続きなどを頼んでいた。長男とは折り合いが悪く、先生が店を訪れると「入店禁止や。帰ってんか」と素っ気ない。しかし、息子の料理を食べたい先生は、知人の予約に同行させてもらい、息子に追い返される前に「へへへ、今日はわしの席やないで。この人に誘われたんや」とうれしそうにテーブルについていた。

入院中の病院では、見舞客が一方的に近況をしゃべり、ベッドの先生はうなずいているだけ。やがて、見舞客が「先生またね」と手を振りながら病室を後にしようとすると、先生が突然、顔をくしゃくしゃにして大泣きすることもあった。毎夜のようにネオン街を歩き回っていた先生だから、ベッドに残されるのがよほど寂しかったのだろう。
田中先生は、二度目の脳梗塞の闘病やその後の暮らしぶりについて、川柳の会の作品集に随想を寄せている。亡くなる四年前だ。半身不随からの蘇りやあくなき恋愛への熱情をほとばしらせている。

死んだそな　いや生きてると噂され
足腰を鍛えて脳が弱くなる
神様が王手でトイレに行ったきり

今年（二〇〇六年）一月に百人一選Ⅱを書き上げ校正をする夜、二度目の脳内出血で倒れた。夜明けに病院へ救急車で運ばれた。最初は左半身不随、今度は右半身不随、真ん中は右か左か分からぬ。弟子達で二月の出版パーティーを中止にする相談が始まった。私はどうせならお別れパーティーにする積もりでそれに反対。喋る事すら出来ない男の訳の分からぬ反対だから医者も諦めその日だけ病院を抜けることになった。半分死んでもしょうないかという印象。パーティーに出るための闘病が始まった。不安な顔の出席者もいたがパーティーは終了。やがて退院。

退院は嫌だ帰れば一人ぼっち
医者が聞く来なかったのは病気かと
超音波引越し先の未亡人

入口に石段のある借り邸宅は日常に難しく、ヨチヨチ歩行に便利な部屋を借り引越しすることになる。過去の道具や車、本など一切と別れた。売る積もりだったが売るどころか捨てるのに金が要ると知った。物も女も別れるのには金が掛かる。でも別れなければ過去はついてくる。引越しを手伝う家族も無く、一人で頑張ったのがリハビリになった。転居の方角か先祖の墓が近いのが原因か、過去のふしだらな生活が変わった。

起床は朝五時（今まで昼頃）夜は一二時までに寝る（朝方）。一日三食（一食と酒）。そして汚れ暮らしが奇麗好きになり、性は見向きもしないというより出来ない。つまり聖人だな。鼻が赤いのや皮膚のフケは老人性皮脂なる皮膚病、足の爪が汚いのは水虫と知り、飲み薬八つと塗り薬四つ、目薬も差す。顔のシミも奇麗にと努力、男別嬪になるため朝昼晩の食後は忙しい。

水虫は治しておこう死ぬまでに
血圧は構わず若さに食い食われ
爪の根が何を食うのか良く伸びる

男だって奇麗に見える方が生き甲斐を感じる。これも七十五になってからじゃ遅すぎるが、これがある意味でリハビリとの異常な闘い。長生きしてやるぜの根性。パソコンで恋人になりそうな人を探しメール。友人に手紙書くのは指のリハビリ。

モーニング珈琲が済めば、区役所のプールで歩く練習とジムで腿を鍛える。このリハビリのお陰で高齢の爺並みの徒歩にはなったが真ん中をリハビリするところは役所にない。昼飯は簡単に作る。川柳の指導や創作はそれから。いづれは詩画の個展をするつもりで筆のリハビリ訓練もある。誰かからの酒のお呼びが掛かるまでに薬のための夜の飯を掻き込む。後は法善寺辺りで気持ちよく酔う。酒を訓練するリハビリは何故か全く要らない。

手の痺れ酒飲むときは知らん顔
酒いかが弟子の誘いにゆるむ顔
人生を酒で生きてるれろれろと

新居は遊び場が匂う近くだけに飲み屋まで歩けるが帰りは百十円安い三菱タクシーを待つ。食うだけなら月五万程度の年金で充分、医者と薬は月千円で足りる。老人は生き易い。結構な世である。少子化にもこんな税金対策すればいいのだろう。貧乏は楽でいい。金を取られる心配もいらん。金など欲しいと思うから人間ミミッチくなる。金利など預金もローンも無いから文句言わない。もう商売などしたくない。面倒くさい。税金や他人の給料払わんならんのが鬱陶しい。

バーゲンで並べた命売れぬまま
背の辺り烏の陰口聞こえてる
再婚を何度もするな空はそら

私の欲しいのは芥川賞と六度目の嫁はん。再来年に喜寿を迎えるその祝いを二人でしたい。一緒に暮らしたいという希望はない。多分面倒になる。別個に暮らして会いたいときに会い、旅もする。それなら誰でも良いようだが旅は矢張り妻。旅こそ面倒でない夫婦が理想的。そう思える人を探してる。出来る限り若い人がいい。

池波正太郎の剣客秋山小兵衛さえ四十も下のいい嫁がいたのだから。愛には歳も金も国籍も越える、若者と同じ考え。唇の可愛い女性が好み。下の唇より上が好きなので。厚かましい希望は無理だろうね。芥川賞を死ぬ寸前に貰いたい。死んだら面倒な注文書かなくて済むから。これが二度目の還暦を迎える人生の予定である。

年金のために生存届け出す
指の先蛍が這って灯る夢
飄々と跡を残さず生きてゆく

飄々と欲望に身を任せながら生きた田中先生ならではのシャレであり、半分以上は本気だとも、○ちゃんは思った。

全国紙の記者で、先生と交友の深かったリョウちゃんは出版パーティーであいさつをした。

「先生が脳梗塞になったのには、私は半分くらい責任を感じています。倒れる少し前には週三、四日、先生と飲んでいました。『ちょっと話がある』と言われてはミナミに出かけ、深夜までハシゴでした。『話』のことは忘れて、ひたすら飲んで、とりとめもないことをしゃべり続けるだけでした」

リョウちゃんは、先生から大手芸能プロダクションをめぐる暴露本のタイトルを相談されたことがあった。先生は、リョウちゃんのアイデアを箸袋に書きとめ、ポケットにしまい込んだ。メモ書きをほとんどしない先生の動きを見て「やる気だな」とリョウちゃんは思ったという。

先生は、酒を少しセーブしながら、旧知のプロダクション幹部らから聞き取りをして、かなりの量の原稿を書いた。いくつかの出版社に打診したが結局、出版はかなわず、遺稿として残されたままだ。

「○ちゃん、この原稿を預かっといてくれ。出版できる機会があったら出してくれ。わしの心血を注いだ、最後の原稿や。最終的にどうするかは、あんたに任す。自由にしてくれ」
ＣＤに保存された遺稿は、〇ちゃんに託された。多くの演芸関係者が実名で登場している。渾身の作品だが、内容からして、先生が亡くなったいま、全編の出版は難しそうだ。一部分でも発表してあげられないか、〇ちゃんの思案が続く。

田中先生と同年代の直木賞作家である「ギッちゃん」がいた。人気深夜番組の司会をつとめるなど関西を中心にテレビ業界でも活躍。田中先生とは、学生時代からの付き合いがあり、飲み友達だった。田中先生が亡くなってすぐに川柳の会が刊行した作品集に追悼文を寄せている。

知り合ったのは、まだ学生時代である。大学の演劇部から脱出して、劇作家として歩んで行こうと考えた二十二歳の頃で、田中君はすでに芸能世界の新鋭として、新しい演芸、演劇の中に切り込んでいた。彼と一緒に徹夜で話し合ったことも多い。

二人でよく激論したものだ。彼は売り出し中の演技者（例えば藤田まこと氏など）と組むのが最善だというのに対し、こちらは全く無名の人間集団に戯曲を提供するのが本道だと応じたものだ。揉めて騒ぎも起こった。

が、酒好きの二人は酒の仲介で争うことはなく、酒はいつも田中君の店で飲んだ。

向こうは〝ギッちゃん〟と呼んで、五十六年の付き合いだった。彼の結婚観には反対したが、彼はケジメが大事と主張して譲らなかったものだ。数年前から車椅子で飲酒していたのも止めたが、これも一笑に付された。とにかく、彼は自己流自由奔放人生を歩んだのだから、十分に満足したことだろう。

鬼籍に入ったが、まだあの世に到着していないように思う。


―― 飲み足らず　遊び足らずで　まだ中途（ハンパ）

飲み友達の奔放な生活ぶりにあきれながらも、そばで楽しそうに眺めていたギッちゃんの優しさが伝わってくる。

ギッちゃんは、作家、タレント活動以外に、プロ作家を養成する「心斎橋大学」の設立（一九八七年）に尽力。放送作家仲間との「ぶっちゃけトークの会」や「関西ディレクター大賞」の設立・運営にも精力的に取り組んだ。

関西文化の底上げを目指して活動したが、がんなどの闘病の末、二〇一二年十月、七十九歳で亡くなった。

ペケペン師匠

ギッちゃんを「人生の師」と仰ぐベテランの上方噺家がいる。○ちゃんは田中先生に紹介され、川柳の会でも一緒になり、長く交友が続いている。上方人情噺の第一人者である笑翁師匠だ。

師匠は三重県の高校を卒業してすぐ、上方の大名跡の三代目に入門した。師匠宅に住み込んでの内弟子生活が終わると、束縛から解放されたかのように才能が一気に開花。浄瑠璃三味線とオッペケペー節を合わせたような合いの手を入れる「ペケペン落語」を考案し、一躍人気者になった。

師匠の友人の漫才師である平田克三が作詞、作曲した演歌「宗右衛門町ブルース」という曲がある。その歌がメジャーで大ヒットする前に師匠と平田克三がレコードを自主製作した。片面には師匠がつくったペケペン落語「ペケペンオリンピンク」が入っている。前回の東京オリンピックにちなんで世界のいろんな国や都市を登場させた作品で、下ネタのダジャレだ。

彼女のそばにヨルダンし
彼女のシリヤをサウジアラビアしたならば
あんたはエチオピアな方だわねと
ほぺたをパキスタンとどつかれた
ペケペン　ペケペン　ペケペン
彼女の胸に僕の手をニュージーランドしたならば
彼女のオッパイ　アルジェリア
私のオッパイ　ナイジェリア
ほたら　彼女のオッパイ僕の手で
中華民国　中華民国　中華民国
彼女の口をスイスすりゃ
おてではブラブラブラジルで
ア、チョコ　チョコ　チョコ　チョコするな

チェコスロバキヤローとおこられた
おててを段々オーストラリアしたならば
彼女のケープタウンに当たるやおまへんけ
ケープタウンをサウジアラビヤしたならば
ベトベトベトナムで
そのうち我がシンガポールが
カッカカッカとソビエット
ずぼんの外へとデンマーク
彼女の上にノルウェーしたならば
ケープタウンにシンガポールがドッキング
右や左にゆすられるイスラエル
シリヤをフランスしたならば
イタリヤ　イタリヤ　イタリヤ　イタリヤ

今でいうラップのような軽快さで、新境地を切り拓き、人気深夜番組の「11PM」の準レギュラーに起用され、ギター漫談のカチョやんと人気を分け合った。当時の司会者がギッちゃんだった。ギッちゃんは笑翁師匠を気に入り、番組終わりには必ず、バーに同席して多くの示唆に富んだ話を聞かせたという。

「地位、名誉、財産に固執しないで生きることが大事だ。そうやっていい仕事をすれば、後からみんなついてくる」

伝統芸能の世界では、ちょっと異質な長髪にひげを生やすという思い切ったスタイルの笑翁師匠はテレビ、ラジオのレギュラーが増え続けていた時期で、ギッちゃんは地に足をつけた仕事をすることの大切さに気づくようアドバイスしたのだ。師匠の座右の銘のような言葉になっている。

ギッちゃんは、直木賞を受賞した作品が映画化される時、師匠を主役に強く推した。明治末期に活躍した、爆笑派で破滅型の噺家が主人公。師匠は、旅館で合宿しながらの撮影で、監督から厳しい演技指導を受けたのが印象に残っているという。

ギッちゃんを慕う師匠は「噺の師匠は三代目、人生の師匠はギッちゃん」とまで言い切っていた。○ちゃんは「師」について考えたこともあった。最初に浮かぶ人は、田中先生で、最後も田中先生だった。

「酒好きで助平」という最大のセールスポイントは見事に共通しているが、田中先生の豊かな才能には感心させられることばかりだったという。何度も何度も「この人はすごい。この人にはかなわん」と実感させられた。

高齢になると記憶力が減退するのが普通だが、先生はあまりメモをしなかった。前夜すごく酔っ払って約束したことを翌朝、しっかり覚えていた。自由自在な川柳の創作、頼まれてサラサラとしたためる書の味わい深さが、○ちゃんはとくに好きだった。

戦国時代に初代が活躍した大名跡を笑翁師匠が継ぐ話が秘かに持ち上がったことがあった。師匠がまず相談したのはギッちゃんだった。

すぐの襲名は避け、しばらく待って古稀寸前に襲名しようという計画となった。やがて田中先生やイラストレーターの大御所らが応援して、襲名の日取りまで決まった。しかし、三代目の許しをもらうという最終段階で大反対にあい、棚上げ状態となった。関西演芸界の大きなニュースになろうとした出来事だったが、田中先生は、そうした動きにきっちりと関わっていた。〇ちゃんが田中先生の影響力の大きさに期待したエピソードのひとつだ。

師匠は、映画の主演直後、週十一本ものテレビ、ラジオのレギュラー番組を抱えて大忙しだったが、無理がたたって喉を傷め声が出なくなった時期がある。しゃべるのが仕事なのにしゃべれないというもどかしさを感じた。会話の手段として手話をマスターすることにして、聾学校の先生の特訓を受けた。

手話の弟子を育てて手話の普及に尽力する一方、落語の楽しさを手話で表現しようと工夫を重ね、日本で最初に手話落語を考案して手話落語会を開催。手話落語の弟子も増やす努力を続けている。

師匠には全盲の弟子がいる。手話落語をつくるなど福祉活動にも理解が深いとの評判を聞き、一門入りを志願してきた。目が不自由になってから落語を学んだというが、かなりの活動実績があり、弟子入りで大きく飛躍。各地の落語会に招かれる人気者になっている。

幅広い活動に粘り強く取り組みながら、控えめで実直な師匠の性格と円熟味を増す人情噺に惚れ込んだ○ちゃんは、師匠の落語会に通うようになった。高座の後の打ち上げにも参加して盃を交わす。

「○ちゃん、今日のわしの噺はどないでした？」

「相変わらずええでんなあ。何べん聞いても涙が出ますんや。ほんまによかったわ」

「おおきに、おおきに。そない喜んでもろたらうれしいわ」

「次回は、『ねずみ穴』を聞きたいなあ。大好きな噺ですわ」

「わかりました。あれは東京の横山師匠の得意ネタでした。わしはその師匠宅に泊めてもらいながら稽古をつけてもろたんです。笑いはないが、救いがある、すごい噺です」

上方落語界では、高座に上がっている噺家の最長老となっている師匠だが、腰は低い。そして威張らない。わがままは言わない。「人に嫌われるのが、いやなんでしょう。波風たてんように穏やかにやってはる」。噺家仲間や熱心な応援団に共通した評判だ。

天満天神繁昌亭に続く上方落語の二番目の定席である神戸新開地喜楽館への出演があると、○ちゃんは出番が終わった師匠をお気に入りの寿司屋に案内する。うまい酒、うまい料理に感激した師匠は「次回もぜひ」と催促を忘れない。時には師匠の共演者も同席する。そのひとりに相撲甚句、音頭とりが得意な噺家がいる。噺家は酔いが回ると、カウンター席から立ちあがり即興でつくった、師匠や寿司屋を取り上げた音頭を披露する。狭い店内はもちろん、店のあるビルの地下全体に名調子の声が響き渡る。

師匠と同席してもらおうと大将が呼んでいた二、三人の常連は、思わぬ音頭のプレゼントに大喜び。○ちゃんは幸せだった。器に氷とともに注いでおいて味わう、特注の焼酎がすすむ。

笑翁師匠の三代目師匠が亡くなった時、一門での名跡継承が問題となった。筆頭弟子の笑翁師匠が継ぐのではないかと見られていたが、なぜか二番弟子が継いだ。背景には「大人の事情」があったのではないかと思われたが、そこでも泰然自若の笑翁師匠の立ち居振る舞いが、落語界や事情通の間では称賛された。

○ちゃんは笑翁師匠が大名跡を襲名できなかった理不尽さに怒っていたが、「こうなったら、人間国宝を目指して、今の名前をもっともっと大きゅうしてもらいたい。死ぬまで高座に上がって、亡くなった師匠も超えてほしい」

と応援している。

終わりなき宴会

五度にわたる結婚と老いてなお激しい恋愛を繰り広げた田中先生が、結婚制度を考察する一文を残している。

いつの時代から現代のような結婚制度になったのでございましょうか。昔の書物を読んでおりますと、現在の男性にとって実にうらやましいことばかりでございます。

一夫一妻と定められておりますが、もっと人間は自由であるべきでございまして、こんな制度でガンジガラメにするから、いろいろとモメゴトが起きるのでございます。一夫一妻というのは一見女性の為の保護という風に見えますが、逆に考えますと女性の男性への従属ともとれるのでございます。

女が職業を持ち自立している人が多い現在となっては、こういう男女間の問題を法律で定めるのは時代とマッチしておりません。

恋愛は自由であり、その恋愛の延長線上に結婚があるのですから、本来結婚も自由、離婚も自由、それを法的に決めようとするからややこしいのでございまして、結婚に関する法律は一切なくしたらええのやないかと思うのでございます。

そんなことをすると性が乱れる世の中になると思われるでしょうが、だからといって人間が衆人が見ている中でセックスをするとも思えませんし、やはり当然愛し合ってる者同士固く結ばれ、愛が冷めたら他へ移るという至極当然のことが行われるだけだろうと思うのでございます。それが常識になれば不道徳だなどとは誰も感じることはございません。

さて、平安時代を見ますと、結婚は嫁取りではなく婿を招くといった形でございまして夫となるものは、女のもとへ訪れ、同居に近い形をとる訳でございます。しかも法的な手続きなどございませんから、男が継続的に女の家へ訪れている間は結婚状態でございまして、訪れなくなれば結婚は自然解消ということになるのでございます。よろしいですなァ。

そんな時代を背景にかかれた小説が源氏物語でございまして、光源氏が理想の女性を求めて女性たちを渡り歩いている姿も現代風に見ますとプレイボーイに見えますが、当時としては、ごく普通の貴族たちの一つの姿として描かれているだけでございます。

この源氏物語を書いたのは、紫式部でございまして、父は藤原為時という、家柄の割にはあまり出世できず、いわば貴族の中流階級に属していたと思われる人でございます。

源氏物語は、帝の御子として生まれ、巨籍に降った貴公子が主人公で、モデルは当時の権力者であった藤原道長だったのではないかということでございます。

その主人公、光源氏が美しいなき母に似た義母の藤壷に恋をし、あやまちを犯し、またその藤壷の縁続きにあたる美少女を引き取って養育し、成人するのを待って妻にするのでございます。この美少女が紫の上で、藤壷との不倫の恋が、この主人公の一生を通じて響いている中を、光源氏は恋の遍歴をつづけて行くという作品で、紫式部の理想とする男性像がこの主人公の光源氏を通してかかれ、彼女の男性観が源氏物語を読むことによって理解出来るのでございます。

この作品は紫式部が西国三十三ケ所観音霊場十三番の札所として有名でございます石山寺に参籠をして書いたと言われておりまして、石山寺には、源氏の間とか、式部の遺品とかいうものもあるのでございますが、どうもこれは後世に作られたもののようで、そのままともにはうけにくいのでございます。

ところで、石山寺が有名なのは西国三十三ケ所の札所ということだけでなく、近江八景の一つになっていることでございます。それは石山の秋の月ということでございまして、この寺でみる秋の月は格別のものでございます。

と言いますのは、この石山寺の前には瀬田川をせき込めた南郷ダムがございますが、瀬田川にそって大阪湾から吹き上がって参ります気流が内陸の空気にふれまして、春には深い霧が発生いたします。その代り反対に秋の夜になりますと、近江から流れ下って参ります冷たい空気が附近の湿気を払いますので大気を美しく澄ませまして、月がくっきり浮かび上がって見えるということになるのでございます。

古代の人々は特に月に関心があったもののようで、月を観ることは信仰と結びつく大切な行事の一つにもなって居りまして、石山寺には観月亭もあるのでございます。

この美しい月の光の下で、世界の古典とも言われます、一大情痴文学を美しい女性が書きつづっている姿を想像します時、それは一巻の絵巻物といえるのでございます。

ところで紫式部という名前は源氏物語にも出て参ります女主人公の紫の上にちなんで呼ばれた通称でございまして、実は本名も生年月日もはっきりと分からないままでございまして、一部二部三部と分かれたこんな大長編小説を書いた作者の名前、しかも名門といわれた藤原一族の女性の名前が何の記録もなく、分からないというのは、やはり当時の女性の地位が低かったことの現われでございましょうか。

田中先生は一夫一妻制度なんて不自由だと思っていたのだろう。きちんと五回入籍した先生ならではの本音だったのだろう。この本には○ちゃんの秀句が掲載されている。例会で酔っ払い気味の会員に選ばれたので、自己採点では秀句とはいいがたい句もあるそうだが、これも○ちゃんの「歩み」であるのは間違いない。

母が逝きリズムのとれぬ父がいる
だまされてまだ飛んでいるアゲハチョウ
猫を飼う女、男に飽きている
呟いたポツリが元で離婚する
恋もない思い出もないレモンティ
針と糸上手に使う鰥夫（やもめ）です
肩こりを知らない猫がのびをする

石畳躓くことが多くなり
今もまだ右へならへでならんでる
貶されてなすびの蔕に語りかけ
祝い事先ずは天気と空拝む
わがままな娘三人戻り雛
懲りはせぬ私の肥やし恥の数
隠し場所忘れて三晩酒を断つ
夕焼けを見ている君に見とれてる
歯目まらはだめになったら口たっしゃ
疑ってかかれば猫の大あくび
考えることに疲れて茶漬け食う
後悔の深さかけ湯の数が増え
もり塩がこころ清める法善寺

田中先生は、七十二歳の時に「友人を訪ね歩く旅に出る」と宣言。各方面にあいさつ文を送り「一宿一飯を承知してくださる方を探している。一宿はお宅の納戸でも近くの宿屋でもよく、一飯はお茶漬けで充分ですが、できれば一本つけてください」とあった。

「人生の旅、女性遍歴の旅は生涯続きます」ともある。旅の真の目的はやはり女性だったのだろう。最後に「死ぬもんか、還暦二回するつもり」と精力的な川柳が添えられていたが、この大見えを切った旅には結局、出発しなかった。あてのない旅を目指したのではなく、当時狙いをつけていた特定の女性へのラブレターを、あいさつ文ということにして、みんなに読ませてみたようだ。もちろん、くだんの女性にも読んで欲しかったのだろうが、恋は成就しなかった。これは、かなり的を射た分析だと、○ちゃんは思っている。

その特定の女性に、○ちゃんは心当たりがある。先生が何度か吟行で通った日本海側のまちでスナックを営んでいた女性だ。酔っ払っては「結婚しよう」「引っ越してくるから、面倒見てえな」「大阪に来てくれてもええで」などとうわごとのように口説いていたのを目撃していた。

田中先生は、新しく惚れた女性が現われると一直線に向かっていくことが多かった。その時に付き合っていた女性には見向きもしなくなる。そういう意味では、別れた女性から「冷たい」と見られ、恨んだ女性もいたようだ。○ちゃんは、自分は田中先生とは違うタイプだと感じて、そういう自分になぜかほっとしたこともあったという。「わしは自分から別れた女もおるけど、別れてもみんな好きやった。いまだに一緒に仕事をする元カノもおるで」と○ちゃん。


多彩な会員が集う川柳の会は人気噺家の双樹師匠と田中先生が立ち上げ、当初は双樹師匠が主宰をつとめていた。会の運営方針を巡って二人の意見が合わなくなって、数年後に双樹師匠が退会し、田中先生が主宰となった。

マスコミ界にいたリョウちゃんは、二人の話し合いの場に何度か同席を求められ、田中先生の長女の「イチノイチ」とともに立会人のような役回りをつとめた。

双樹師匠は、田中先生が構成を担当したテレビ番組で一気に人気者となったこともあって田中先生をたてていたが、田中先生は上下関係を感じさせることなく、師匠に接していた。

ミナミの喫茶店での会合では、田中先生が長文の手紙をしたため、双樹師匠に手渡した。「うまくしゃべられへんから、気持ちを書いてきたんや」。読み終わった双樹師匠が話し始めた。

「先生、例会で会員がボクにサインを頼んでくるようになっているのが、気に入らんのですわ。川柳を楽しんで、腕前を磨こうという会の趣旨が忘れ去られています」

「そうか。わしは、それでもええと思うてるんや。幅広い層の会員を集めようとしているから、川柳そっちのけで人気者にサインをねだることがあってもええんやないか。ある程度は仕方ないんとちゃうかな。そういう会員はそのうちいなくなるやろから」

時間をかけた話し合いだったが、運営方針は、まとまらず結局、師匠が退会することになった。師匠がつけた会の名称は、そのまま残すことで合意し、現在も続く息の長い組織となっている。

リョウちゃんのつとめる新聞社のサイトは、川柳の会の例会報告などを掲載していたが、退会後の双樹師匠と相談して、師匠の名前を冠した川柳のページに衣替え。一般から募った中から優秀句を選んで表彰するのがメーンとなり毎月、多くの句が寄せられた。

双樹師匠の退会をめぐり、例会が何となくざわついていたころ、〇ちゃんは黙って推移を見守っていた。「外野が騒いでも何にもならん。話をややこしゅうするだけやから」。〇ちゃんがリョウちゃんに語った言葉がある。川柳の会への深い愛着がにじんでいた。

「双樹師匠がいなくなって、リョウちゃんのところが師匠のページを作った時、川柳会員は見捨てられたような気になって、淋しがっとったで。でもな、あんたが、その後も例会に出席してくれていたんで、うれしかったわ。会社の方針とは別に、川柳の会を応援してくれていると思えたんや」

双樹師匠は、上方落語協会長をつとめて、落語の定席「天満天神繁昌亭」、さらに「神戸新開地喜楽館」の建設に尽力。テレビ番組の司会や創作落語などで今も活躍しているが、近年は女性スキャンダルに見舞われた。

川柳の会には双樹師匠にあこがれていた女性会員も何人かいた。二次会の宴席の会話から、○ちゃんはそうした会員に気づいた。だが、双樹師匠が二次会に行くことはなく、そんな女性会員の気持ちには気づかないままで、幸いスキャンダルに発展するような出来事もなかった。

ネオン街への復活、恋愛成就への想いを募らせながら闘病を続けた田中先生は二〇一〇年五月一日、入院先の病院で亡くなった。七十九歳だった。親友の横山師匠に一年、ギッちゃんに二年早い旅立ちだった。ギッちゃんと先生は同じ年齢での鬼籍入りだった。
親友が顔をそろえたあの世で、終わりなき宴会が続いているのだろう。そんな姿を思い浮かべた○ちゃんが、天に向かって乾杯する。

○ちゃんのファッション

○ちゃんのファッションは、ユニクロで決めていることが多い。デザインや機能性が優れているから好きだという。おしゃれな○ちゃんは、全身をユニクロで決めてから、ユニクロではない麻のブレザーをはおって、マフラーを巻いて見せる。近年は、帽子も愛用している。季節に合わせて取り替え、トレードマークのようになっている。

雑誌で紹介されている、チョイワルオヤジというほどシャレのめしてはいないが、着こなしには気を遣っている。ネクタイはせずに、ビジネス用も兼ねてスタンドカラーのシャツを着ている。

おしゃれにはまったく頓着なさそうにみせながら、女性の視線は意識して、それなりに工夫しているのだ。付き合ってきた数多い女性からアドバイスを受けているうちに、ファッション力が身についていたのだろうか。

第三章　あんたに会えて 今日の僕は最高

田中先生が秘かに惚れていたのが、才女おすみさん。契約同棲をした玲奈ちゃんが先生の料亭ビルで飲み屋を開くまでは、おすみさんが同じ場所で飲食店を営業していた。本の編集、出版、演劇プロデューサー、役者、書家、画家など多彩な才能の持ち主だ。

芝居への誘い

幅広い活動が縁となったのか、田中先生が別れた最初の妻の経営する飲食店で先生と出会ったおすみさん。美魔女ぶりは相当なもので、いくつになっても、ちょっと遠目には女子高生。細身で、キレキレの動きは十代と言っても大げさではない。

会ったその瞬間から田中先生の恋心に火が付いた。その時、先生に妻か愛人がいたかどうかはわからないが、先生はそんなことにはお構いなし。気持ちはおすみさんに一直線に向かっていく。おすみさんの人生に関わりたいとの思いが強くなっていったようだ。

「俺んとこのビルで飲み屋、せえへんか」
「えっ、ミナミのど真ん中やないですか。家賃が高いんじゃないですか」
「そんなん、気にせんでええ。わしのビルやし、空きスペースがあるから」

「ほんまですか。なんか条件がありますか。センセと付き合うとか」

「あほなこと言わんとき。あんたに惚れてるけど、そないにえげつないこと、いわへんから」

「ありがとうございます。やらせてもらいます。いろいろ教えてくださいね」

カッコいいところを見せた田中先生だが、商売以外にいろいろ教えようという下心は絶対にあったはずだと、知人たちは思っていた。〇ちゃんは、先生と出会う前のことだが、話を聞いて、相当な下心があったと確信している。

〇ちゃんは、貸し切り宴会船での川柳の会の例会でおすみさんと出会った。おすみさんが拠点としている「石炭倉庫」は、〇ちゃんの事務所に近い港区にある。おすみさんが主宰する劇団のけいこ場であり公演スタジオでもある。

幼いころ、疎開先の小中学校の学芸会や青年団の演劇公演で主役級を張ったこともある〇ちゃんは、劇団主宰のおすみさんにぐっと引き付けられた。のめり込むように劇団に出入りし、やがて役者として公演に参加するようになる。

おすみさんは、新潟県出身で、小学校五年から大阪で育った。和文タイプ入力、手紙の下書きなど様々な「文字に関する仕事」をやった。阪神淡路大震災のあった一九九五年に大阪・本町から「石炭倉庫」に事務所を移した。

かつて石炭置き場だったところにつくられた建物を利用したスペースで演劇、コンサート、映画上映などをプロデュース。貸しスペースとしても若いクリエーターたちに開放した。また、本の編集、出版も手がけ、二〇〇一年には「第一回なにわ大賞」を受賞、プロデューサーとしての評価が確立された。

「儲からんけど日本で初めてみたいなことをやってきた自負がある」という。

枕元に紙とペンを置いて床についていた。「明日は何をしようか」と考えながら布団に入り、思いついたことがあると、すぐにメモ。出勤すると同時に、そのアイデアを実現しようと動き始めたという。

「本屋にない本展」を企画して評判になった。大阪の老舗百貨店で開き、東京の大手百貨店が「全国展開したい」と持ち掛けてきたこともあった。

ある企業の周年記念事業で講演会の仕事を受けると、長時間の講演だけに飽き足らず、環境問題の裁判劇を仕立てた。受講者を陪審員にしたり、有名財界人を舞台に上げたりしての意欲的な「公演」となった。この演劇を通じて「すべてを発信できるのは舞台かな」と実感したという。

石炭倉庫での活動が十周年を迎えた際、インタビューに答えたことがあった。

〈昔から勤めが続かないんですよね、私って。飽きっぽいというか、決められたことが苦手というか。長くて一年続いたことがなかったんです。あるとき、自分に何ができるだろうと考えたら、英文タイピストしかなかった。それで、ノウハウもなかったけれど、友人と一緒に「文字」に関する会社を起こしたの。文章を書くのは好きだから「手紙の下書きをします」、貿易商社にもいたから「商業文をつくります」、そのほか速記、翻訳…と、便利屋さん〉

〈気がついたら何でも屋さん。たまたま縁があって、いろいろな人が次々にやって来る。私は「あなたは何がしたい？　何ができるの？」と質問します。書くこと、話すこと、歌うこと、演じること…、誰でも、ひとつくらい得意なことがあるでしょう。私は、それをどんどんやってもらうだけです〉

〈ステージでは、それぞれに役割があって、皆が気持ちをひとつにすることによって形になる。ここは教える場ではなく、自分でやりたいと思うことをやる場です。大切なのは、やはり周囲のやさしさだったり、愛情だったり、だと思います〉

〈若いころからずっとそうですが、やりたいと思うことはどんどんやってきました。海外旅行にいきたいと思ったら、すぐに飛行機に乗るとか。うずうずとした感情にかられたら、私にとってはそれをすることはすべて正しい、と決めています。とにかく、おなかの底からぐぐぐっ…と沸き上がってきたことを、即、実行し続けることでしょうか。何事も、口だけではなく動くことが大事。人も力もあとからついてくるはずです〉

おすみさんの勢いを感じる言葉だと、○ちゃんは思った。いろんな経験を積んだおすみさんが実感したのが、演劇によるメッセージの力強さだった。

おすみさんの劇団は毎年、十回前後の公演を重ねている。○ちゃんもかなりの回数、舞台に立った。

「蒼空の飛行雲」「銀行の話」「情の三羽烏」「魑魅魍魎」「口のない群れ」「雑魚の棲む路地」「モダーンズ貞奴」「哀愁のジェルソミーナ」「被爆の証言」「時三郎の夢ガラス」「地虫」「芸人同穴」「庭にひともと花椿」など劇団の演目は多彩だ。

「大阪希望館」は大阪寿也の原作。終戦直後の大阪を舞台に、梅田の救護施設を中心に懸命に生きる人々の姿を描き、戦争の残酷さを訴える。おすみさんの演出は進化しながら通算百回を超えるステージとなっている。

○ちゃんは二〇一四年の公演に浮浪者と新聞記者の二役で出演した。うどん配給の列に並ぶ浮浪者が、叫んだり、倒れそうになったりしながらアドリブで思い思いに動いて、セリフを叫ぶところが好きだった。○ちゃんの秀逸なアドリブがある。共演者みんながすごいと思った。

「早よしてくれや。ションベンちびりそうや」

二〇一九年夏には、三日間のインターバルをはさんで五日間の復活公演を行った。最終日には大阪先生も顔を見せ、客席の○ちゃんを見つけて笑顔を浮かべながら「今回は出演していないのですね」と話しかけていた。

○ちゃんは前回公演に出演した際、最前列からじっと見つめる大阪先生と視線が合い「それから、先生を意識するようになったけど、先生もわしのことが気に入ってくれたようで、会うたびに声をかけていただいている」と感激する。

大阪先生は山陰の出身。大阪の大学を中退してから流しのギター弾きや業界新聞の記者などをつとめた。結核の療養中に小説を書き始め、雑誌の新人賞を受賞。直木賞には五回、候補になった。

一九八四年、大阪・西成の山王を舞台に芸人たちの姿を描いた「てんのじ村」でついに直木賞を受賞。以後、上方演芸の世界をテーマに著作を重ねている。

演出のおすみさんは、決して怒鳴りつけることはない。「私は現場主義だから」というおすみさんの演出は「とりあえず動いてみて」で始まる。動きを見て、その役者ができる演技をていねいに練り上げていく。

○ちゃんは幼いころから舞台に上がるのが大好きだった。「わしなあ、役者の才能はあると思うんや」。酔うとうれしそうに話すが、理屈をこねる演技論ではない。舞台に上がるのが生き甲斐のようになっていた。舞台人への正直なあこがれが噴き出すのだ。

公演の打ち上げでは、○ちゃんからの差し入れが喜ばれる。乾きものが中心になりがちなテーブルに、○ちゃんは手作りの燻製やら漬物、大阪・生野までわざわざ買い出しに行った豚足などを持ち込む。みんながおいしそうに食べているのを見て、○ちゃんは大満足なのだ。

○ちゃんは、石炭倉庫の座付作家の作詞によるテーマソングを作ってもらったことがある。「○ちゃんの『あんたにあえて』」だ。

♪♪♪

あんたに会えて　今日の僕は最高

1．あんたに会えて　今日の僕は最高
見た目は確かに　おっちゃんだけど
心はいつだって　若いのさ
でも、わがまいって　ごめんごめん　古い考え　ごめんごめんごめん
後先見ずに　ごめんごめん　張り切りすぎて　ごめん

あんたといると　ウキウキ　ドキドキ　ワクワク

2．
あんたに会えて　今日の僕は最高
話せば確かに　おっちゃんだけど
気分はずっと　はつらつさ
でも、わがままいって　ごめんごめん　古い考え　ごめんごめん
後先見ずに　ごめんごめん　張り切りすぎて　ごめん
あんたといると　ウキウキ　ドキドキ　ワクワク

若い女性には必ず、優しく浮足立つ〇ちゃんの姿がしっかりとらえられている。劇団の作曲家北野隆が曲をつけた。

「ええっ！　わし、こないに見えとるんか？」

照れて不満そうにしながらも、すっかり気に入って、けいこ場で伴奏してもらいながら練習したが、難しい歌だったようだ。

「今風な曲調で、わしには向いとらんかったんやなあ。何べんやってもリズムに乗れず、苦労したわ。わしがいうのも何やけど、歌詞はええんや。ええんやけど、メロディーがなあ」

いつか舞台で披露しようと意気込んでかなり練習したが、モノにならず、とうとうサジを投げてしまった。歌はあえなくお蔵入り。歌詞カードは、大切にしまい込んでしまった。

おすみさんは、宴会船での〇ちゃんとの出会いが忘れられないという。丸刈りで、ちょっとこわもて風の顔つき、派手ないでたちだが、妙におとなしい〇ちゃんを見て、おすみさんは「カッコいい」と思った。隅に座って遠慮の塊のような〇ちゃんに、おすみさんが料理を運んであげたという。

田中先生の料亭ビルでのおすみさんの店は、それなりの売り上げがあったようだ。先生は売り上げ報告を受けて「わかった。それぐらいやな」と言いながら、最初の売り上げから五万円だけ持って行った。空きスペースとはいえ、ミナミの有名ビルの一階という場所からすると、かなりの安さで、しかも家賃を払ったのはその一回だけだったという。

才能豊かなおすみさんは、田中先生の著作にも参加している。知人、友人の百人が先生の句から気に入った一句を選ぶ趣向で、おすみさんが選んだ句は「旅終えてもう主婦の顔米を研ぐ」。おすみさんは、さらに先生の作った四句をあげながら、コメントしている。

柿誉めて帰りの荷物重くなり
年の数豆を食ったら下痢をする
目薬を差すのに口を開ける祖母
宅急便父の名だけど母の愛

変な人。時にはカッコいいけど、時には、モウ！と言いたくなる。人生について隅から隅まで、なんだって熟知していて、まるで生き字引きみたい。すごいなあと思ったとたん、なんでそんなに凝り固まってんの、いろいろあるんやでといいたくなることも、ある。

どちらにせよ、すごいひと。わたしは若いから昔の先生のことはよう知らん。けど、匂いでわかる。どんなに頭が良くて、どんなにいろんなこと、でっかいことされてきた偉いひとか。それだけやない。昔は知らんけど人情深いあったかいひと。どう考えてもわたしみたいなもんに飲み屋さんをさせてくれはったことは、いま思い返すと先生の優しさが、胸いっぱいに広がって涙が出る。楽しい夢のような二年間。ほんまにおおきに。ありがとうございました。

先生はやっぱり、おすみさんに迫ったことがあったのではないか。

○ちゃんが、おすみさんの演劇に出演すると、田中先生はいつも怒っていた。

「○ちゃん、芝居より川柳をちゃんとせえ」。そう言いながら公演には必ず顔を出し、黙って客席に座っていた。先生のおすみさん評がある。

書も画もそして芝居と才能が向くままに勝負して生きている。残念なのは才能ほどの実績が伴っていないことである。商売も同じ。どれか一つに絞ればと言う人もいるが、それで成功する人もいれば裾野を広げることに人生を満たす人もいる。

私も同じタイプの人間かもしれぬだけに理解出来る。彼女は最近芝居に嵌まり込んでいる。若い頃入ったならともかく還暦を過ぎてからの芝居は神か悪魔である。金も仲間も時間も要る、特に主宰者はそう。

学生演劇、農村演劇、前衛演劇を経て五十年前小劇場運動を起こした私にはよく分かる。借り劇場で演じていた私と違い場所は悪くても自前の石炭倉庫劇場で演じられる一座は素晴らしいが強いて言えば公演が少ない、毎週やってこその小劇場だと思う。

演劇の本質よりも社会的メッセージを舞台から告げたいのが彼女の一座が展

開することのようだが、もっと現代的な表現を私は望む。おすみさんの才能を発揮するにはそれに似合う戯曲が必要。同時に出版の本職も才能を出し安全牌から越えた打牌を狙う仕事をすればいい。関西では滅多に居ない才能を持った女性と私は思っている。艶じゃなく。

最後にわざわざ付け足したと思われるひとことに田中先生の想いがにじんでいると感じるのは、うがちすぎだろうか。そんな先生の想いとは裏腹に、おすみさんには、すでにパートナーがいたことは、〇ちゃんをはじめ劇団メンバーの多くが知るところだった。おすみさんの句作は快調だった。

曲げたまま棺に入るかこの根性
見上げればけんかの後の虹の橋
あほらしい思い出ばかりで泣き笑い
あんたの顔個人情報そのものや

落とし物人間（ひと）の尊厳ひろてきて
声はないそれでもうるさいネット狂
いとおしい皺また皺も我が人生

このごろの気に入り

〇ちゃんがこのごろ気に入っているのが、キタのデパ地下。食料品売り場の真ん中にイートインサービスのコーナーがあり、好きな酒、つまみを買っては、特設されたテーブル席で味わえる。

つまみはフレンチ、イタリアン、中華、和食。さすがは有名百貨店、味は一流だ。〇ちゃんは時に一人、足の長い椅子に座り、まわりの席に集う、きれいな女性をそっと眺めながら至福の時を過ごす。

兵庫・芦屋の高級住宅街である六麓荘のそばでイタリアファッションのブティックを経営する十河明日香さん。○ちゃんとは、川柳の会の例会クルーズが初対面だった。丸刈りの○ちゃんを見てはっとして「何者?」と妙に気になったのが、第一印象だった。

愛しきマダム

十河さんは大学を卒業後、ホテルの仕事に就いて二年で寿退社。専業主婦となり、二人の娘の子育てを終えると「ぼんやりと過ごす、刺激のない日々がいやになった」から再び大学に入った。フランスなどヨーロッパファッションに興味を持ち、卒業するとバイヤーとなって海外に買い付けに出かけることが増えた。

そうした時、夫が単身赴任で家を留守にすることになり、子供と老親を抱える十河さんは家を空けにくくなったため、自宅から通える服飾専門学校の教師に転身。間もなく、大震災で勤めていた専門学校が倒壊し、父親ががんを発症するという不幸に見舞われ、教師を退職した。

退職後、自由な時間ができ、次の目標を探していて、ギッちゃんや田中先生たちがプロのライターを育てるための「心斎橋大学」を始めるという新聞記事を読んだ。小学生の頃から文章を書くのが好きだったという十河さんは飛びついた。

すぐに入学して通い始めると、田中先生から「ええ文章を書くなあ。川柳もやったらええ」と発足して間もない会に誘われた。例会に出席してみると、まだ十人余りの少数だったが、主宰の人気落語家、著名作家、イラストレーター、歌手、タレントらすごいメンバーが顔をそろえていた。

美人アラフィフの十河さんは相当、華やいだ雰囲気だったが、二回目の例会からは和服に身を固めて参加するという力の入れようだった。田中先生は「その着物、地味やなあ」などとチャチャを入れて楽しそうだった。

十河さんは例会後の二次会にもほぼ毎回、顔を出して田中先生や島袋さん、そして新たに加わった〇ちゃんとも親交を重ねていった。何軒もはしごをして、〇ちゃんのマンションに泊めてもらったことがある。

「〇ちゃんは、ちょっと離れた事務所に寝に行ったわ。私が泊った部屋には入ってこなかったのよ。これほんと」と弁明はしている。しかし、怪しい。二人だけの秘密の出来事は、ほんとになかったのか。

「○ちゃんと何回も飲みに行ったけど、いつもターコの話ばっかりだったわ。二人が一緒だった時も別れた後もね。恋愛相談だったのかな。ターコとも何度か会って、こんなに若くて可愛いい娘が、どうして○ちゃんを好きになったのか、一緒に暮らすようになったのか不思議だったの。興味津々で、いっぱい突っ込みを入れたわ」

田中先生が自分の料亭で始めていた「美食の会」にも参加した。毎月一回、百人程度が集まって、先生のプロデュースする料理を味わった。○ちゃんも絵里さんやらターコと連れ立って出席するようになっていく。

十河さんも川柳の会の例会帰りなどにおすみさんの店に寄り、演劇にも興味を持った。「おもしろいと思ったことには、何でも挑戦しようという気分の頃だった。交友範囲がどんどん広がって、気が張っていたのかな。自分でもすごいエネルギーだと感心するほど」

「大阪希望館」に自分の長女と共に出演したことがある。主人公の館長に思いを寄せるおばちゃん役だった。〇ちゃんも参加していた公演で、浮浪者役でのアドリブのセリフに感心させられた一人だった。〇ちゃんは十河さんのメイクを見て「白塗りせずにシミやそばかすを書いた方が役に合ってるで」とアドバイスした。

終戦直後の極貧生活が背景の芝居だから、きれいに化粧しているのは不自然だった。十河さんは「顔が汚れて、老けていた方がもっともらしいのはわかっていたけど、私、ちょっといやしい根性があるから、きれいに見てもらいたかったの」と苦笑しながら白状する。

心斎橋大学、川柳の会、芝居と活動の場を広げていったが、十河さんが満足するには不十分だった。「退屈」なのは我慢できない。「根が真面目」だから仕事をしたかった。

五十七歳になった二〇〇三年、ブティックを開店させた。ファッション関係の知識と経験を生かしてのショップ作り。商売っ気があるようで、実はあまりなかったのだろう。常連が気楽に集うようになる。来店した近所のマダムとのおしゃべりに夢中になってしまうこともしばしば。

時々、店番を手伝う二女に注意される。「ママ、ちゃんと商売しなさい。趣味でやっていては、すぐ潰れてしまうわよ」と手厳しい。「下の娘はね、私と違って物事にすごくシビアなの。プライベートはもちろん、勤め先でもね。しっかりしすぎているくらいだから、私がいろいろ手を出しているのを見て、危なっかしいと思っていたのね」。娘の指導の甲斐あってか、店は今もしっかり続いている。

十河さんは「人生は一本道ではないから、やる気があれば、いくらでも再スタートできる」と思っている。遍歴を重ねながら「女性は一人だけではない。恋愛は何回も再スタートできる」という○ちゃんの発想と似てはいるが、かなり趣は違う。川柳は名手の域だ。

倦んでいるやっと勝ちえた妻の座に

靴音がかたい夫の決意しる
新学期我が身を寄せる輪をさがす
編みあげのブーツ心は定まった
皆去って祭りのあとの母の位置
とっくりの数だけ家が遠くなる
一番に人事も恋も知るトイレ
その指が達者で私もうあかん
無精ひげ女心をそそる風邪

○ちゃんの友人に堀内郁子さんがいる。道頓堀通りにあった人気有名食堂ビルの女将だった。大きな全国ニュースのたびに、店の入り口で太鼓をたたく人形とともに登場。洒落っ気のある人形のセリフを書いた吹き出しを掲げる姿がテレビで流れた。

愛しき女将

堀内さんは、川柳の会の初回からのメンバーだ。一見、楚々としておとなしそうな印象だが、店の座敷では、たこ焼き音頭を唄い踊って客をリードする威勢の良さ。川柳も小気味がいい。

水掛けて流したいのよ貧乏縁
「まけてーナ」そやから阪神負けたった
大阪弁悲しいことも笑いネタ
吉本のアホよりましだと気を直し
酒の味わかる頃には糖尿病
亡母（はは）の帯締めて最後の歌舞伎座へ
医者通い我が身人並み老いを知る
素朴なるお袋の味いま珍味

田中先生が書いている。

大阪名物の名物お内儀。創立者の父が亡くなりサラリーマンの妻から商人になった。アノ招き人形を退けないとイメージが悪いというコンサルタント達の意見を一蹴した頑固さが、道頓堀へ日本中から客を寄せた今の成功に繋がっている。彼女が考案した「たこ焼き教室会席」が音頭入りで楽しい。アイデアマンでもある。美形だが愛想も抜群。

堀内さんの父親が一九四九年に開店させた店は、劇場が並んで賑わう道頓堀通りの象徴的な店として人気があった。地方からの団体客や修学旅行生も詰めかけていたが、不況のあおりを受けて二〇〇八年に閉店。堀内さんはその後、看板の人形をプロデュースする一方、人生、夢、挑戦などいろんなテーマで講演会を重ねている。

気さくな人柄で、ミナミのお母ちゃんのように多くの人から親しまれ、田中先生が川柳の会発足時に声をかけた一人だ。〇ちゃんともすぐに打ち解け、川柳の会の例会以外でも一緒に飲むようになった。

「女将とは何回もデートしとるで。飲みながら言いたいことを言い合って、気持ちよう酔っ払えるんや。商売の話もようけ聞かせてもろて、納得することばっかりやった。どんなことって聞かれても、細かいことは酔うて忘れてもうたがなあ」

くったくのない堀内さんにすっかりなじんだ〇ちゃんは、ミナミにある堀内さんのマンションを訪ねたこともある。人気有名店の女将だったと感じさせない気さくな人柄に惚れこんでいる。「下心？そんなもんないわ。あるわけないやろ。別嬪さんやけど、そうやないんや。理由はわからんけど、下心はほんまにあらへん」。なぜか意地になる〇ちゃんだ。

「〇ちゃん、このごろ一人なの？」

「決まったんは、おれへんけど、まあ、いろいろがんばろうと思うてる」

「がんばるって、元気なんやねえ」

「まだまだ、死ねんぞとは思うてる。自分の足で歩いとるうちは大丈夫やと思うてる」

「そやねえ。自力で歩いてるうちは、まだまだいけるわねえ」

「何となく、いけると思うてる。そないに自信はないけど、まだいけるやろ、多分」

「○ちゃん、何がいけるの？」

「ちゃうちゃう、そういう話やないんや。けど、年寄り臭い話になったらいかんしなあ。まあ、話だけでも若返らんとあかんちゅう話か」

「そうね。色気がなくなると、いきなり老け込むわねえ。色気は若さの源よ。○ちゃんはまだまだいけそうね。うらやましいわ」

「うらやましいのはわしの方やで。女将はほんまに若いわ」

「いやいや、○ちゃんはすごいわ」

「いや、すごい時期はとうに過ぎてもうたで。もうあんまりあかんて。ほんま、あかんようになってもうたわ。何や、変な話になってるんかいな」

堀内さんは毎年春には、友人たちと大阪北部の緑地公園での花見を楽しんでいる。サクラの木は少ないが、花の下に敷いたシートには酒、料理が満開。宴席は長くなり、みんな酔いがすっかり回って、ろれつが回りにくくなっていく。夏には京都・祇園や鞍馬の川床、秋は滋賀・伊吹山の紅葉と近江牛、厳冬期にはふるさとの兵庫・城崎温泉近郊へ雪をかき分けてのカニ旅行。時々、友人のジャズコンサートにも出かける。息抜きを兼ねた堀内さんの幸せな時間だ。◯ちゃんも同行して、幸せのおすそ分けをしてもらう。

西区で小料理屋を開店させた女将は岡本美由紀さん。京都府の日本海側にあるまちの出身だ。そのまちで、女将をしていたのは、かつて「元帥の宿」といわれた老舗割烹旅館。旅館は店名にちなんで「ホワイト」とのニックネームを持ち、自衛隊を中心に要人たちに愛されていた。

「ホワイト」の女将

　まちは旧海軍、そして海上自衛隊にゆかりがあり、市内には「八重山」「富士」「三笠」など戦艦の名前が付いた通りまである。同じく海軍、海自のまちである広島県呉市との「肉じゃが発祥の地論争」でも知られる。

　明治三十四年（一九〇一年）に鎮守府が設けられ、初代司令長官に東郷平八郎が任命された。後の元帥海軍大将で、その歴史的な活躍から世界的に勇名をとどろかせ「軍神」とたたえられた。

　くだんの老舗旅館は明治十三年（一八八〇年）の創業。東郷元帥は司令長官時代からその旅館をひいきにしたという。旅館は歴代の海軍、海自の関係者らを中心に多くの人々に長く親しまれ、界わいを代表する宿となっていた。

　しかし、時代の変化についていけず、いくたびかの改修など経営努力も報われず二〇一〇年に自己破産し、百三十年の歴史に幕を閉じた。

客室のふすまに有名人が揮毫しているなど「お宝」がいくつもあり、重厚な雰囲気を醸し出していた。玄関を入ったところにある受付カウンターの背後には、和風絵柄のきわめて貴重なステンドグラスがかかっていた。

女将のご主人が板長をつとめていて、フレンチも取り入れた見事な料理が味わえた。特製の「東郷ビール」が提供されるなどの洋風テーストは海軍の流れをくむ老舗ならではの演出だった。

地元のＯＬから嫁いで転身した女将は五代目。○ちゃんと出会ったころは、和服の似合うアラフォー美魔女。宴席では大阪か東京あたりのネオン街できたえられたのではないかと思わせる、華やかな雰囲気をまとっていた。

昼間の女将はラフなジーンズ姿が多かった。海上自衛隊の基地を見学した時、基地司令が「おや、今日は女将がいないなあ」とまじめな顔つきでつぶやくと、○ちゃんの後ろの方から「ここにおるがなあ」と女将の声。振り返ってびっくり。すっぴん笑顔のポニーテールは、女子高生のようだった。

閉店の十年ほど前からは、老舗ゆえに敬遠されがちな「敷居」の高さを解消しようと、様々なイベントを催して集客につとめていた。政財界、芸能界など女将が培ってきた豊富な人脈を生かしての企画を展開していたが、限界があったようだ。

橋本芳夫さんとは十年来の付き合いだ。〇ちゃんが知り合った当初、橋本さんは日本海側にある海上自衛隊基地の幹部だった。橋本さんも「ホワイト」をひいきにしていた。〇ちゃんは川柳の会の吟行で「ホワイト」を何度か訪れていた。女将の紹介で基地を見学、橋本さんと顔見知りになっていた。

女将は間もなく旅館をたたんで来阪、西区で小料理屋を開店した。しばらくして橋本さんは転勤で神戸にある基地に移って来た。小料理屋で橋本さんと再会し、親交を深めた〇ちゃんは、橋本さんの基地の開設記念式やら年末餅つき大会、暑気払いの集まりなどのイベントに案内され、皆勤賞だった。

面倒見のいい〇ちゃんは、女将の小料理屋の開店前からつきっきりで世話をした。開店すると丸刈りの○ちゃんが連日カウンターに座って「用心棒」のように「にらみ」をきかせたおかげか、妙なトラブルはなかったようだ。

「用心棒とちゃうで。わしはけんかに弱いんや」

橋本さんは、店に現役の自衛隊幹部をたくさん連れて来た。中には、各方面隊トップ級の人もいて、紹介された○ちゃんは、もらった名刺やメダルをお守りのように大切にしている。

やがて退役した橋本さんは、有名企業に再就職。一時、東京に移り住んだが、関西にある自衛隊応援団組織の代表に就任して、阪神間に戻って来た。父親の創設した団体の跡を継いだのだ。

政治的な話題を避けていたような○ちゃんだったから、橋本さんとの付き合いは意外に思われるかも知れない。だが、橋本さんとは出会ったころからウマが合っていた。イベント皆勤賞の○ちゃんは、橋本さんが現役当時、勤務先の基地に市民を呼び込み、自衛隊ファン、理解者を増やそうと努力している姿にすっかり共感したのだ。

橋本さんの団体に加入した○ちゃんは、皆勤賞の記録を伸ばし続けている。各種講演会、シンポジウム、懇親会などたて続けに行われる企画にほぼ全部参加している。○ちゃんは橋本さんの応援団なのだ。「○ちゃんに、良うしてもらってる」。橋本さんの口癖だ。


女将には姉弟の二人の子供がいる。子供たちは忙しい両親にかわっておじいちゃんに育てられた。姉は幼いころから「お前は六代目の女将になるんだよ」と何度も言い聞かされた。成長するとともに女将として旅館を継ぐ自覚、責任感が芽生えていたそうだが、破産で目標が消えてしまった。

旅館の廃業後、離婚した美由紀さんは長女を連れて大阪にやってきて小料理屋を開業する。朝ドラにもなった有名デザイナー姉妹と親交があり、そのデザイナーに命名してもらった店は財界、文化人らのそうそうたるメンバーが応援して、たちまち隠れ家的名店になっていった。長女も昼間のつとめの一方、夕方から店を手伝っていて人気者だった。

店では美由紀さんの出身地直送の食材を使った手料理がふるまわれ、地酒もたっぷり。順風満帆のように見えた女将は、相変わらずの美魔女ぶりで、〇ちゃんはここも皆勤賞だったわけだ。

ところが、間もなく常連には「不幸」な事態が起こる。残念というか、無念というか、みんなが心配していたロマンスが美由紀さんに芽生えてしまったのだ。

油断も隙も無い。うわさを聞いた時は万事休す。たちまち婚約がととのい、常連の声援と涙にまみれた惜別の宴に送られて美魔女は東京の医者のもとへ。悲喜こもごも、五年前のことだった。

大阪に残された長女は、倒産した旅館に次いで二度目の喪失感に襲われた。だが、自然豊かな故郷を離れ、暑苦しいまでの人間関係にからめとられながら大阪で暮らすうちに、ぐっとたくましくなっていた。「ママからもようやく独り立ちできる」。

母の大阪での交友関係の多くを引き継ぎ、「私、おじいちゃん子だから」とおっちゃん、おじいちゃんたちとも気軽に付き合い、誘われた宴席は断らない。「介護精神」あふれる娘になっていた。◯ちゃんとリョウちゃんも存分に付き合ってもらった。

さばさばした性格と童顔は母親そっくり。成人してもずっと中学生のようで、やはり遺伝なのだろう、酒は相当強い。だが、食欲は母親を軽く凌駕。お腹パンパンで酒もさんざんやった挙句の深夜、ようやく酔いが回ってくる。「ずっと六代目を継ぐつもりで育ったので、旅館のことがすごく頭に焼き付いている。夢に出てくる」と打ち明けたことがあった。

そんな長女は新たな目標を探しているうちに、なぜか突然、スペインを目指すといい出した。神戸港を拠点にするクルーズ船でイタリア人の船員に引っかけられ、ヨーロッパへのあこがれを募らせていたのが原因だったのだろう。何とも分かりやすい動機だ。

長女は、おじいちゃんのグルーピーたちから「英会話を勉強していたのに、なんでスペインやねん」と突っ込まれながら、とうとう二〇一八年秋、ワーキングホリデーで旅立った。

二年間、アルバイトをしながらかの地で暮らすという。大阪での生活が息苦しくなっていたのだろうか。おじいちゃんたちが、まぶれつきすぎたのだろうか。二十八歳の決断だった。

スペインから電話やメールがやってくる。大阪のおじいちゃんたちは「男にだまされたらあかん」「ワイナリーの御曹司を狙ったらええぞ」「ヒモになろうとする男に気いつけや」などと適当なエールを送っていた。

三か月ほど経つと「エンジニアのボーイフレンドができた」との報告。みんなで驚いているうちに「彼の実家に泊りに行った」。挙句の果てに「一緒に暮らし始めた」ときた。

半年も経たないうちに仕留めたか、仕留められたか、一気の進展。「素早いなあ。もういてもうとるがなあ。見事な突撃ぶりや」。勢いに煽られたおじいちゃんたちだった。ワーキングホリデーは婚活ホリデーだったようだ。

二〇一九年秋、ビザの更新のため一時帰国した際、イケメンの恋人が一緒だった。「うち、この人と結婚するの」。おっちゃん、おじいちゃんを招集してお披露目。スペイン語と英語と日本語が飛び交い、あいまいな笑いでつなぎながらの、はちゃめちゃな宴会が盛り上がった。

東京に行った美由紀さんは年に数回、大阪にやって来て飲む。相変わらずの美魔女ぶりで、声がかかると、〇ちゃんたち「常連」は、二つ返事ではせ参じる。ミナミのなじみの小料理屋で話がはずみ、二次会はすぐ近くのショットバーへ。男性陣は高齢者も多く、無事を確かめ合う機会にもなるが、遠慮のない、楽しい時間が過ぎていく。

「〇ちゃんなあ、あんた、このごろどうしてるの」
「どうしてるって、何が」
「ええのんができたんか。誰かと付き合うとるんか」

「ぼちぼちやわ」

「そうかあ。誰かと付き合わんかったら、あんた、元気ないやろ」

「そらそうやけど、どうやろ。がんばるわ」

「○ちゃんは付き合うとる娘がおらんかったら、青菜に塩やもんなあ」

「確かになあ」

「カツオやマグロが泳ぐのを止めたら、死ぬみたいなもんやもんなあ」

「ええ加減にしいや。わしは魚とちゃうで」


夜が更けて、酔いが回って、美由紀さんの足どりが怪しくなる。おじいちゃんたちも絶好調。しゃべくり散らして、幸せ過ぎて、もう死にそうだが、みんなしぶとい。まだ生きている。

第四章　いちびり乱舞

松島新地は、〇ちゃんを大人にしてくれた、忘れられない、大切なまちだ。もともとは明治元年に大阪府知事の許可を受けて設置された「遊廓」。交通の便もよかったことなどから賑わったそうだが、終戦の年の大阪空襲でいったん焼失した。

そして二年後、場所を少し西に移して再開。一九五八年の売春防止法の施行で「遊廓」としての存続は無理となったが「料理店」の集まる界わいとして今に生き延びている。

おっさんの躾

二百〜三百メートル四方に九十店が並び、かつての遊廓にいた「やりて婆」のような年配の女性と若い「仲居」が玄関に座って、店の前を歩く客を呼び込む。時間制で有料の「仲居と客の自由恋愛」が営まれている。風俗店街としての役割は今もしっかり保っているのだ。

○ちゃんの飲み友達の小山貞彦さんは、二〇〇三年から松島新地で料理店を経営している。住宅会社に勤務していたが、独立して九条に住宅販売会社を設立。不動産屋の○ちゃんと知り合うことになる。

小山さんは、松島新地にも出入りするうちに、ひいきにしていた女性との金銭トラブルに見舞われたこともあって新地との繋がりが深まっていく。早世の有名俳優の母親が友人の一人だった。その母親が新地に女性を紹介する仕事に関わっていた縁で小山さんも紹介業を始める。間もなく、後継者の途絶えた料理店を引き継ぐことになる。

小山さんは最初は一軒だった店を二年後に二軒に増やした。屋号の違う二軒がつながったかたちで経営しており、専属の「仲居」が四人いる。仲居は、求人情報誌で新規募集しながら入れ替えが行なわれている。

営業マン出身の小山さんは、小回りが利き、界わいの世話役も頼まれて料理店でつくる「組合」の幹事長を引き受けている。組合は近所の神社の氏子になっており、祭りなど年中行事の付き合いも欠かせないが、小山さんはこまめに対応している。

新地の店は時々、代替わりがあるが、身内の後継者不足から別の職業経験者が入ってくることが多いという。驚くことに税務署、警察署、消防署、自衛隊のOBが目立つといい、警察署長OBと女性警察官の夫婦が店主になったこともあった。

○ちゃんとは界わいの飲食店での交友が続いている。年長の○ちゃんが小山さんをチェックすることが多く、出席したパーティーでの振る舞い方から酒の飲み方に至るまでアドバイスする。

「こいつはなあ、自由気ままに育ってしもうて、躾がなっとらんのや。気になって気になって、つい言いとうなるんや」と○ちゃん。父親のような目線で鋭い指導が飛ぶ。

小山さんは「細かいとこまで言われて、かなわんで。口うるさい舅は通り越してもっと怖い姑みたいやで」とこぼすが、決して喧嘩にならない、二人の間には絶妙な呼吸がある。

そして「○ちゃんはなあ、わしが店をするのに反対やったんや。あの商売が気に入らんようや」とも言うが、○ちゃんが松島新地を嫌っているわけではない。少年時代には、白粉のにおいに酔ってさまよい歩いた町なのだから。数々の小言は、小山さんへの「教育的指導」のつもりのようだが、ちょっと度が過ぎることがあるかも知れない。

大阪に残るいくつかの「新地」の中には、女性が同じ場所にまとまって待機して呼ばれた店に出向くシステムのところもあるが、松島新地は店が専属の女性を抱えている。

ある日、吸い寄せられるように中年の客が店に入って来た。玄関で呼び込みをしていた若い仲居の顔を見て「おおっ」と声をあげた。仲居は「ええっ」と息を飲む。一瞬、気まずいような空気が流れたが、客と仲居はそのまま二階の部屋へ。声を潜めて二人が話し始める。料金の相談ではない。


「お前、こんなところで何してんねん」

「何してんねんて、お父ちゃん、やらしいわ」

「やらしいて、お前、何いうとんねん。いつからここでやっとるんや」

「先月からや」

「一緒に駆け落ちしたシュンはどないしたんや。あいつが働いとるんとちゃうんか」

「シュンはあかん奴やってん。働かんと酒飲んでばっかり。シャブにも手出してな、こないだパクられてしもうたわ」

「なんぎなやっちゃなあ。お前、うちに帰ってきたらええがな」

「うちな、お父ちゃんの家、いややねん」

「なんでや。こないな商売せんでも、メシ食わしたるがな」

「お父ちゃん、あの若い娘と一緒に暮らしてるんやろ」

「ああ、ミホのことか？あいつはなあ、先々月、映画に行ったきりや。お前のおかあちゃんと同じや」

「今は？」

「お父ちゃんは独りっきりや。次のんがなかなか見つからんでなあ。さみしゅうて松島に来てみたんや」

「お父ちゃん、ええ加減にしときや。さみしいんやったら、うち、帰ってあげてもええで」

「ほんまか、おおきにな。ほな、せっかく部屋に上がったんやからお前でもええ、チャチャっとやっとこか」

「あほっ、何言うてんの。ほんま、あほやわ。情けないわ。よその店で済ませて、早よ帰り」

父親を店から送り出した娘が、次の客にあっけらかんと話したそうだ。

「おっちゃん、ちょっと聞いてえな。さっきな、うちのお父ちゃんが部屋に上がって来てな…」。

修羅場も落語のネタのようになってしまう異次元の世界だが、別れた夫婦同士、恋人同士の再会やら娘の親友、町内会の人妻らとの驚きの出会いも繰り広げられているようだ。だが、界わいに話題が広がることは決してない。刃傷沙汰にもならない。夢の世界での夢のような出来事だからか。

「○ちゃんなあ、たまにむちゃくちゃな話が伝わってくると、人間不信になりそうやで」

「お前がそれを言うか。人間不信てなあ、人間を信用しとるもんのセリフやで」

「わしかて、信用しとるで。女房もおるし、子供もおる。信用しとるんやなくて、信用されとるちゅうことか」

「そんなんちゃうちゃう。それを言うなら、お前は信用されとらんちゅうこっちゃ」

「確かに、わしはヨメから信用されとらんかも知れへんけど、わしはヨメを信用しとるで。それでええんとちゃうんか」

「信用されとらんのが、あかんのや。話をややこしゅうして、ごまかそうとしとるな。そういうところを直さなあかんで」

「うちの女の子らには、わし、信用されとるで。エエおやっさんに思われとるはずや。信じられんのやったら、店に上がって聞いてみてえなあ」

「お前、わしに商売しとるんか。抜け目のないやっちゃなあ」

変人ぶりがええ

岩畑琢馬さんは全国紙の記者だった。知人の紹介で知り合い、〇ちゃんがマンションやアパートを二、三回世話をした。引っ越すたびにボロな部屋にしていくという変わった人で「わしは、こんなボロい部屋の方がええねん」と言っていた。強がりには聞こえなかったから、さすがの〇ちゃんも「変人やなあ」と思ったという。

「変人」ぶりは勤め先でも有名だったらしい。新聞記者の仲間内で「事件持ち」という隠語がある。新しい担当先で必ず大きな事件、事故が起こってしまう記者の事。事件、事故に魅入られているというか祟られているような記者だ。

各新聞社には実際に「事件持ち」が何人かいて、そのうわさがついて回る記者が移って来た持ち場の他の記者には、思わず緊張が走ったという。岩畑さんは筋金入りの「事件持ち」だった。飛行機事故、鉄道事故、大水害、大爆発事故など新聞の一面を飾った、歴史的ニュースも多い。

それだけでも十分に「変人」だったが「事件持ち」というのは、本人にまつわる都市伝説みたいなものとも言えた。だから岩畑さんは同僚や他社の記者から疫病神のように言われても、まったく意に介さず「わし、ほんまは事件持ちとちゃうで。事件持ちはあいつやろ」などと他社の記者を指差しては、笑っていた。

愚直な頑固者でもあり、それが原因で「変人」とも言われたようだが、奇人ではまったくない。所属していた職場の部長から、岩畑さんが担当していた航空会社の飛行機の切符を予約するように頼まれたことがあった。

「繁忙期で難しいようですが、私用ですか公用ですか。公用なら無理してみますが、私用ならお断りします」と答えた。部長の息子の夏休み旅行用だと感じて、カチンときたようだった。

部長は当時、マスコミ界で勇名をはせていた。名文家で、話題になる連載を次々と企画し、飛ぶ鳥を落とす勢いだったが、岩畑さんはそんなことはまったく忖度しなかった。

「部長の子供だからといって、無理やり割り込むのは問題やろう。新聞社なら余計に気を配らなあかんことや」

いたってもっともな意見だが、部長の取り巻きの怒りを買い、間もなく担当を交代させられた。交代先でも当然、事件持ちであり続け、すぐに大きな汚職事件の摘発があった。

○ちゃんは岩畑さんの変人ぶりが大いに気に入った。○ちゃんとタイプが相当違うからかもしれないが、岩畑さんも○ちゃんを面白がっていた。正直で、大の世話好き、仕事好きは二人に共通していた。

○ちゃんは岩畑さんの紹介で、静岡と東京で不動産取引をやったことがある。静岡ではホテルを二億円で転売した。岩畑さんの実家がある港の、全国的に有名なマグロ専門店の社長が所有する物件で、三回通って契約にこぎつけた。港の市場内にある店で社長にごちそうしてもらった。マグロを扱う店の社長なのに、なぜかカツオばかり食べていた。○ちゃんは当初、マグロも味わいたいと思っていたが、カツオで納得した。「あんなすごいカツオは初めてだった。においに酔うてしもうた。素晴らしかった。最高にうまかった」というほどのカツオに出会えた。カツオマニアになるきっかけだったのではないかと思っている。

東京での仕事は、岩畑さんの親せきが所有する二階建てアパートの立ち退き交渉だった。早稲田通りに面したアパートは一階に寿司屋、二階の四戸に四世帯が入居していた。一軒ずつ回って条件を詰めたが、なぜかすんなりまとまった。

家主に聞くと「大阪から怖そうな不動産屋が来る」と話題になっていたそうだ。スムーズに立ち退いてもらうため、家主がわざと噂を流していたと思われるが、そんなこととは露知らず、派手な背広を着こんだ○ちゃんが現われる。大阪の危ない人の雰囲気が全身からにじむ。店子たちは、丁寧だが、ちょっと変わった言葉遣いの○ちゃんに気おされたようだ。

「えらいすんまへん、大阪から来た不動産屋でんねん」

「はい、なんでしょうか。私どもでは不動産屋さんに用事はありませんが」

「へえ、こっちは用事がおましてな。実はここから引っ越してほしいんですわ。家主がこのアパートを建て替えたい、いうてまんねん。えらいすんまへんなあ。無理言いますけど、どないしても立ち退いてほしいんですわ」

「まだ契約が残っていますから、ちょっと無理です」

「まあまあ、そないいわんと。条件はちゃんと提示させてもらいまっせ。まともな条件でっさかい、安心しとくんなはれ」

「でも、勤めの関係もありますから、ねえ」

「いやいや、お客さん、この辺りは今でも治安があんまりようないですやろ。アパートの他の家が引っ越してもうたら、物騒なことになるかもしれまへん。そないになってからでは、遅いでっせ。引っ越しても絶対に損させませんて。わしは大阪では、汚れ仕事とやらもようけさせてもろて、苦労してますけど、真面目にやっとります。丁寧な仕事をする、ちょっとは知られた不動産屋でんねん。無茶は言いまへん。けど、わざわざ大阪から出向いてきてまんのやから、わしも手ぶらで帰れまへんのや。そこんところも察してもろて、何とかおたの申します」

優しくタンカを切っただけで話はすぐにまとまったという。三日がかりの仕事だった。住民たちは先を争うかのように退去していったという。東京の同業仲間に住人の移転先を探してもらっていたので、満足してもらえたと思っている。

岩畑さんは、その後の部長の指示にも「是々非々」を貫いていた。正月には毎年、部長宅で新年会があり、近くの部員の奥さんはおせちつくりに駆り出された。今のような宅配おせちはなかった時代だった。

新年会では側近の部員が秘かに出欠をとり、参加した部員は競うように部長の息子への落とし玉を差し出した。岩畑さんは当然、一度も参加したことはなかった。

「わし、もう会社辞めるわ。あんな状態、我慢できんから」

「もったいないんとちゃうの。入社した時、あんたの故郷では、ちょうちん行列が出るかも知れんほど喜んでもろたんやろ。一流新聞に入ったいうて」

「そうやねん。えらい評判になって、親も親戚一同も鼻高々やったわ。親孝行したと思ったで。でも、ちょっと疲れてしもうたわ。今の体制は代わりそうもないしなあ。もうええねん」

「物書きをあきらめるんか。せっかく好きな道に入っとったのに」

「いや、これからも何か書いて行こうとは思ってる」

ことあるごとに部長にたてつくような態度をとって、会社にいづらくなったのだろうか。定年を待たずに退職した岩畑さんは、大阪の夕刊紙の編集長などをつとめた。

今は故郷で漁協の広報紙などに寄稿したり親族の介護をしたりして、○ちゃんとは年賀状で連絡を取り合っている。「いっぺん、大阪に来てもろて、存分に飲んでしゃべりたいわ」。○ちゃんは再会を待ち望んでいる。

岩畑さんとの関わりで、忘れられないことがある。○ちゃんと一時、一緒に暮らした女性実業家がいた。岩畑さんとの付き合いが始まったころだ。大阪を代表する女性実業家を集めた新聞の特集やテレビ番組があり、岩畑さんの紹介で○ちゃんの彼女も取り上げられた。当時の「女性ブーム」「おたかさんブーム」にあやかった企画で、○ちゃんは自分の事のように誇らしい気分になったという。

演芸好きと演劇好き

大阪市内で創業七十年を越える葬祭店を営んでいた林高史さん。怪奇物語などの著作をはじめ作詞家、歌手、浪曲師、役者などとして幅広い活動を繰り広げた。こうした活動のほか、漫才、落語、講談、浪曲など伝統芸能の若手を応援する、関西演芸の熱心なタニマチとしても知られていた。

林さんが原作の落語「寿命」は、いまや古典ともいえる快作だ。上方人情噺の第一人者である笑翁師匠の持ちネタになっている。

水売りの源兵衛が金儲けのために「寿命」を売ろうと思い立つ。そして、寿命探しの旅に出るが、「寿命」はなかなか見つからない。源兵衛はボロボロにやつれ果て行き倒れてしまう。

その時ふと、意識が戻ると、真っ白な餅のような「寿命」が姿を現した。悪戦苦闘して、ようやく袋に入れて捕まえることができた。

ところが、「寿命」が大阪弁で苦しがる。「誰の寿命や」と聞くと、「水売りの源兵衛の寿命や」と答える。「わしの寿命か」と驚くと、寿命が「あんたの体におったら、寿命が持たん」というオチがつく。

作詞もいくつか手がけていて「ゴルフわからない節」（初音家石若）は、カラオケで人気を呼んだこともあった。

仕事といったら　寝過ごして
ゴルフといったら　飛び起きて
ひとりでさっさと支度して
そっと出ていく　お父さん
四人そろってティーショット
打った途端に　バラバラで
やっとグリーンにたどりつき

お久し振りと　涙ぐむ

わからない　わからない
ゴルフというのがわからない

朝のハーフは　山の上
昼のハーフは　谷のそこ
ゴルフ終わって気が付いた
フェアーウエイはどこにある
ＯＢでたときゃ　あわてずに
ニッコリ笑って　落ち着いて
さっさとボールのそばにゆき
ひとりで探せば　皆セーフ

わからない　わからない
ゴルフというのがわからない
（略）

実感のこもった歌だなあと○ちゃんは思った。林さんのカラオケの熱唱に「ＯＢ打ってズルしたら、あかんやろ」と冗談とも本気ともつかない突っ込みを入れたこともあったが、多分、本気で怒っていたのではないか。それが○ちゃんなのだ。

林さんは「葬式代がかかりすぎる」「戒名代が高い」など葬儀業界の問題を指摘して、格安葬儀の普及を訴え、葬儀屋や住職の会合などで講演も重ねていた。また、阪神淡路大震災の教訓から、平時からの遺体袋の保存・確保などの必要性も説いていた。おどけた印象があったが、仕事熱心なアイデアマンだった。

「あの世からの自叙伝」（一九九七年）、「あの世からの伝言　あの世の横道回り道」（二〇〇〇年）などの著作があり、葬儀屋ならではの発想で独特な世界観を描いて見せた。「～伝言」では「這って来た執念の死体」「盗まれた玉子」「不治待ちの家」など二十四の創作怪談を載せ「背筋が凍る」との評判を得るほどの出来栄えだった。

〇ちゃんは川柳の会で知り合った。演芸好きの林さんと演劇好きの〇ちゃんは、川柳の会の初代主宰の双樹師匠が毎年、企画していた「文士劇」の舞台で何回か共演したこともあった。演じることの楽しさは、分かり合えていたようだ。人懐こい林さんが〇ちゃんの懐にうまく入り込んでいたのかも知れない。

「〇ちゃんなあ、あんた舞台度胸あるねんなあ」

「おおきに。ガキのころから舞台に立つのが好きやったんや」

「さよか、道理でなあ。さすがやわ。感心したでえ」

「あんたもすごいですなあ。舞台経験、ようけありますんやろ」

「おかげさんでなあ。落語、浪曲、講談、歌謡ショー、なんでもありやねん」

「恐れ入りました。ほな、今度の公演も楽しめますな」

川柳の会の二代目主宰だった田中先生の著作に、林さんも一文を寄せている。「通夜の席　茶柱立つが　だまってる〜田中先生には私の色々な夢を実現させて貰ってる」。

大阪の演芸、芸能界に幅広い人脈を持つ田中先生のとりなし、紹介で林さんに様々なチャンスが生まれていたようだ。先生の林さん評がある。

顔を見ると大体職業が分かるがそれが全く想像の域を超えるのが林さん。葬儀屋にしては余りにも賑やかである。いつも一人で十人位の賑々しさ。それだけに彼がいないと会合は盛り上がらない。でも席が近いとゆっくり落ち着けない。

やけに演芸界の裏話に詳しいが余り陽の当たるところに縁がない。そこらが商売柄かも知れない。浪曲を唸らせれば素人の域を超えるし、作詞作曲もすればあの世の世界を筆にする才も持つ。この世では売れなくともあの世ではベストセラーと胸を張る。絵筆を取っての似顔絵も上手い。

俺の母親の葬儀も義母の葬儀も彼が取り仕切ってくれた。多分俺もと思うだけで気は休まるが同じ年だから、どちらが先か分からない。若手芸人の面倒見が良く、関西演芸協会の相談役を引き受けている。野暮な粋人である。

林さんは関西演芸界の裏話に精通していた。とくに襲名を巡る一門のいざこざは、話題に事欠かない。酔うと声を潜めて解説が始まり、だんだんだみ声が大きくなって時々、はっとして黙り、また語り出す。情報も興味深いが、語り口が次第に浪曲、講談の様に名調子になっていく。酒席でも観客を楽しませる芸人魂は忘れていなかったようだ。

身内の不幸が相次いだ林さんは晩年、酒に飲まれるかのように泥酔して転んでけがをしたことが何回かあった。川柳の会の泊りがけの吟行では、酔ってつまずき、血まみれの顔で○ちゃんに倒れかかったこともあった。それでもめげずにネオン街をさまよった。最後は病で寝込んだが、田中先生より五年ほど長生きした。

「晩年は例会の席や吟行の旅先で、しょっちゅう酔うて倒れて、会員に助け起こされとったなあ。なんや、死に急いどるんとちゃうかと思える酔い方やったわ。身内がだんだん減って淋しかったんやろなあ」

あふれる才能を酒に溶いて、寿命とともに流してしまったのか。林さんの訃報が、◯ちゃんは残念でならなかった。

義兄弟ゴンちゃん

　別にヤクザな世界に身を置いていたわけではないが、かつては一般社会でも「兄弟分の契り」を結んだ関係のできることがよくあった。昔気質が、粋がってそうさせたのだろう。寿司屋チェーンを経営するゴンちゃんと○ちゃんは、いつのころか「兄弟分」となっていた。

　出会いは、田中先生の紹介だった。ゴンちゃんは川柳の会にも参加していた。いかつい顔つき。顔面凶器とまではいわないが、立派な強面だ。推されて大阪の飲食業組合の理事長をつとめる面倒見の良さ。自分の店には、ちょっと不良をしていた若者を雇い入れ再起させる度量の広さ。

　年末に行われる防犯パトロールでは、業界の代表として隊列の先頭に立ち、悪質な客引きに注意し、歩道にはみ出した店の看板を蹴り戻すなどミナミの「浄化」活動にも積極的だ。ネオン街の店主らは、ゴンちゃんに怒られたら納得ずくで従っていた。並んで歩く南警察署長らは、ゴンちゃんのチェックぶりを頼もしそうに見守っていた。

夜のミナミの帝王を自任していた田中先生が後継指名していたのがゴンちゃんだ。先生はミナミの三津寺町にあったゴンちゃんの店に通い、ゴンちゃんと知り合った。二人で飲み歩くようになり、ゴンちゃんは先生のことを「オヤジ」と呼んで慕っていた。

「いろいろやっているエラい人とは思わずに、最初は単なる飲んべのおっさんと思っていた。それに助平やから、女の子にむちゃくちゃなことを言っては、喜んどったで」

店に入り「ご注文は？」と聞かれると、先生は「お××ちょうだい」と真顔で答えるから、女店員は一瞬のけぞる。そこが付け目の先生はすかさず「働かんでええから、わしと結婚しよ」とたたみかける。いろんな店でやるから口癖のようになっていた。

「オヤジはお茶目で、かわいらしい人やったわ。わしは、生きた化石とか天然記念物とも呼んで茶化したけど、ほんまに、あんなすごい人はおらんかったから、天然記念物かな。人間国宝でもええけど、遊びが過ぎていたから国宝は似合わんか」

先生は、付き合っている女性がいても、いなくても自分がもっと遊べる商売をしようとしていた。マッコリを飲みながらゴンちゃんに「クラブをやろうと思ってるねん」といって、開業したのが「女性専用クラブ」。男は入れないから自分も遊びに行けずに一か月で閉店。続いては女性専用サウナ。これも男は利用できないから開店前日にゴンちゃんたちと入浴してみたが「熱いのはあかんなあ」。直ちに廃業した。

女性専用の店をつくって、自分だけは入店できるようにして遊ぼうとしていたのではないか。そんな先生の都合のいい魂胆をゴンちゃんは見抜いていたようだが、商売熱心ではない先生は、すぐに飽きて店をたたんでいた。

「食べ物屋もやったが、長続きせん人やった。カネもかかっていたのに、あっさりやめるんやから、変わっとるわ。カネをドブに捨てるみたいなもんやから、オヤジやめとけ、と何べんも言うたけど、聞き入れんかったなあ」

ビルを建てたり、倒産ホテルを買収したりしていた先生の借金は、バブルがはじけて膨らんでいったようだ。先生がいろんな商売に手を出しては直ぐにやめていたのは、抱えている借金の額に比べたらたいしたことはない、ちょっとぐらい増えても大勢に影響はないと踏んでいたのだろう。○ちゃんはそう思っている。ゴンちゃんも同感だ。

「オヤジはわしの味の素みたいな人やったわ。わしはオヤジのおかげでいろんな人と出会い良縁な関係ができていった。人間関係がウマくなっていく。味の素やなあ。人との輪が広がっていったんや」

ゴンちゃんと○ちゃんは、出会ってすぐ意気投合していた。遊び人同志、波長が合ったのだろう。○ちゃんは、ゴンちゃんの半端ない遊び方にびっくりしたが、ゴンちゃんも「何でもあり」のような○ちゃんが気に入った。

「遊びはなあ、誰にも負けたらあかんとオヤジがいうとった。わしもそう思うとる。トシに関係なく、遊ばなあかんと思うとったオヤジに感動したわ」

出会ってすぐ、ゴンちゃんの店も訪れるようになった○ちゃんは、若い従業員の立ち居振る舞いに感心していた。ゴンちゃんへの並々ならぬ気持ちがこもっているようだった。

「ゴンちゃんは、すごい店をつくったんやなあ。調理場の若い衆は、ゴンちゃん命、みたいに慕ってるのがようわかるわ」

「わしは十五の時から住み込みで働いた職人やねん。商売人とは違うから、仕事への思いが強いんや」

「そやろなあ。若い子が一生懸命修行しとるのがわかるわ」

「人間、修行しだいやと思うてる。やる気がある奴は、立派に育つで。わしはクビにした子は一人もおらん。遅れて出勤してきても給料から一円も引かん」

「それにしても、信頼関係が半端ないわ。ゴンちゃんの人柄やなあ」
「そないに誉めてもろたら、こそばゆいけど、真正面から向き合うのが大事やと思う。本気でね」

○ちゃんは、友人からゴンちゃんの店のエピソードを聞いたことがある。ゴンちゃんと店の若い衆のきずなの強さを示していると思った。

店で客がいちゃもんをつけ、ゴンちゃんに「表に出ろ」と怒鳴りつけた。すると、カウンターを挟んで立っていた五、六人の若い衆が全員、黙ってすぐに店の外に勢ぞろい。吠えていた客はあわてて謝りながら走り去ったという。

先生が主宰していた美食の会で百人ほどの客にゴンちゃんが紹介されたことがある。面はゆい気持ちだったというゴンちゃんだが、うれしそうに胸を張っていた。先生が大きな声で語った。

「私は夜の帝王と呼ばれていますが、次の男を紹介します。私の後継者のゴンちゃんです。真面目に遊んでます。私に負けんようにがんばっとります」

ゴンちゃんも〇ちゃんと同じ演劇の舞台に立ったことがある。双樹師匠が企画していた文士劇だ。ゴンちゃんは全四回に出演していた。〇ちゃんが「セリフが覚えにくうなったから、舞台はもう無理やなあ」とさみしそうに言うと、ゴンちゃんからすごい言葉が返ってくる。

「セリフはプロの役者でもよう覚えんのもおる。言葉が芸をせなあかんねん。言葉が芸をしたらええねん。難しゅう考えたらあかん。面白うない」

「そうやけど、どないもこないもならんこともあるんとちゃう？」

「いやいや、大丈夫と思う。わしな、台本のセリフがあかんと思って、原作者に談判して、変えたことがあるで。素人やけど、台本より言葉を大事にしたかったんや。芝居に入り込んでいけば、セリフは大丈夫なもんや。『セリフを食ってしまえば､覚えているかのように自然にセリフが出てくる』といった大スターがいた。深い言葉だと思った。セリフの変更を申し出たら双樹師匠は黙っとったから、ＯＫやとわかったわ」

ゴンちゃんの迫力に圧倒された双樹師匠が舞台の袖で「ゴンちゃん、すごい人やで」と感心していたという。

ゴンちゃんは業界への長年の貢献が評価されて褒章を受章し、ホテルで祝賀パーティーを開いたことがあった。少年時代からのたたき上げ人生が紹介され、多くの来場者の感動を誘っていた。

紋付き袴で口を真一文字に結び、直立不動の姿を崩さないゴンちゃんがいて、いかつい表情からは想像もできない優しい雰囲気が会場に立ち込めていた。ゴンちゃんの人柄がにじんでいた。◯ちゃんは、我がことのように何度も涙をぬぐっていた。

ユニークなセンスの川柳は、例会に初めて参加した時から高評価だった。「丸まげも茶髪もハゲも文化人」。一作目から入賞して気をよくした。和気あいあい、◯ちゃんとも腕前を競い合っていた。

近頃はど忘れひどい前からじゃ
背中の子の笑顔に帰る取りたて屋
富士山の上で富士子と富士見酒
君よりもこっちの方が死にそうや
店ひまじゃ頭の中だけ忙しい
タクシーに先に乗せられ金払う
ひさしぶりとはいいながらこいつ誰
大ぼらを吹くだけ吹いて金貸して
酒タバコ明日から止めると今日も言い
この店の親爺は友と俺に言う
酔っ払いおれの地球じゃ持って行け

川柳の会では例会の後日、入賞、入選作などの報告が会員に届く。ゴンちゃんも例会によく顔を出しているが、欠席した時に○ちゃんの句が入賞していると必ず電話をかけている。

「○ちゃん、おめでとう。ええ句やわ、すごいなあ、よかったで」

大声で叫ぶような短い会話。義理堅いゴンちゃんの性格が現われていて、○ちゃんは大喜びだ。

「○ちゃんは、わしにとっての『高倉健』なんや。カッコええんや、好きなんや。それだけや」

着流しで長ドスをぶら下げ、決戦の場に向かう健さん。勇気を奮い立たすような歌に乗ったクライマックスだ。続くアクションシーンに向けてぐんと盛り上がる。映画館を出た観客は健さんにすっかり煽られて、一様に肩をいからせて歩く。

ゴンちゃんは、○ちゃんがその健さんだという。けんかは弱いという○ちゃんだが、ゴンちゃんの肩をいからせてくれる存在だという。怖いものなしのようなゴンちゃんの方が健さんらしい印象だが、ゴンちゃんは人を見る眼が鋭い。何かを見抜いているのだろうが、尋ねても笑っている。

以前は恰幅がよかったゴンちゃんが、最近はすっきりしたスタイルだ。◯ちゃんが気になって声をかける。

「ゴンちゃん、えらい痩せたなあ。こないだ会った時より、ものすごう細いで。大丈夫？」

「病気ちゃうで。体が重いから、ダイエットのようなことを始めたんや。体重を相当落としたから、調子ええで。◯ちゃんも、ちょっとハラを引っ込めた方がええんちゃう？」

ゴンちゃんが豪快に笑って、◯ちゃんもつられて笑っている。

ターコとの恋愛が人生最後のものだと思っていた。そう思い込むほど真剣に愛したと思った。ターコがいなくなった喪失感はとてつもなく大きかった。

だから酒で気を紛らわしながら、沈んだ日々が続きそうなものだが、○ちゃんは立ち直りが早い。いや、ほんとは立ち直れていないが、一人でいるのは淋しくてたまらないのだ。だから新たな出会いを求めてさまよい、次第に本領を、いや、実力を発揮していく。

こだわり人生の柄

三年前には、懇意にしていた小料理屋の未亡人に誘われて神戸に引っ越し、九条の事務所に通勤している。酒はすっかり弱くなり、大阪などでの宴席は午後九時になると退席することも多い。ＪＲを利用していて、酒が過ぎ、油断して車中で居眠りをすると、明石、姫路にまで連れていかれるからだ。

新しいホームグラウンドの神戸では、電車を乗り過ごす心配がないから、安心してネオン街をさまよえる。ほどなく、行きつけにする店を見つけ、親しくする女性もできた。さすがは、◯ちゃんだ。

酒、女のほかにも◯ちゃんがこだわり、大好きなことがある。釣りとグルメだ。

幼いころからなじんでいた釣りは超ベテラン、磯中心の本格派だ。西日本の有名な磯はほぼ制覇し、ターコとも釣行した男女群島や隠岐の島、四国の沖の島など遠方の島々にも通った。

こだわりの◯ちゃんは、独自の勉強をしながら、顔見知りになった釣り自慢にも教えを請うた。季節、狙う魚種によって仕掛け、エサ、竿の振り出し方、潮の読み方など細かいテクニックが要求される。同じ磯でも状況が刻々と変わるので、経験に裏打ちされた鋭い感性が求められる。何度も竿を打ち返しながら、夢中で釣りにのめり込んでいく。心地よい魚信に笑みが漏れ、磯、海との一体感に包まれ、快感を覚える。

釣果は必ず持ち帰り、自分でさばく。多い時は、知り合いにおすそ分けし、常連になっている店に持ち込む。調理してもらって味わい、代金はきちんと支払う。「うまい料理にしてもらうんやから、カネは払わなあかんやろ」

各地に親しくなった渡船の船長もたくさんいて、自分の死後は、好きだった磯で散骨してもらおうと、◯ちゃんは思っている。このごろは、磯での散骨ビジネスも定着しているという。もちろん、墓終いはしておくつもりだ。

グルメへのこだわりもすごい。魚は、カツオが一番好きだ。専門店を食べ歩いており、今は大阪・中央区の店。シーズンになるとそわそわして、何度も通う。「大型が入った」との連絡をもらうと、直ちに駆けつける。

○ちゃんの味覚をごまかすことはできない。大好物のカツオには一段とうるさい。「カツオのにおいが好きでたまらんのや。しびれるほどや」というだけあって、中途半端なカツオが出てくると、怒ってしまう。うまいカツオには、まったく抵抗できず、幸せそうだ。

グルメの追求は燻製、干物作りにまで進む。ゆでたまご、たくわんなどいろんな食材を燻した。熊野の落ちサンマの干物は大好物で毎年、何百匹も仕入れている。

燻製や干物を作っては友人、知人宅や行きつけの飲食店はもちろん、参加するパーティー・宴会などに持参する。こだわりの品々はどこでも大人気。水ナスと広島菜の漬物は毎年、それぞれ中元、歳暮として二、三十件は配っている。

飲み友達のリョウちゃんと彼の鳥取の実家に遊びに行くことがある。普段は誰も住んでいない家の広い庭で雑草を刈ったり除草剤を撒いたりする作業を手伝う。春は裏山でタケノコ、山菜採り、秋は隣の柿畑で干し柿用の西条柿とり。庭のゆずやみかんも熟れ始めている。

作業の後は、山陰の味覚を味わう。地酒をやりながら夏はシロイカ、冬は松葉ガニ。四季の山海の「うまい」がうれしい。

◯ちゃんは、単に食通だけではない。何気ない田舎の植物にも並々ならぬ関心を寄せる。リョウちゃんの実家の庭にそびえる高野槙の古木の枝、水仙の花、ナンテンの木、咲きそろう菜の花。訪れるたびに摘んで帰りたいものが増えていく。自然への深い慈しみ、親しみの気持ちは、疎開先で培われていたのだろう。

大阪に帰る前には、鳥取の農産物が集結している「わったいな」という大規模店や道の駅、地元の人気スーパーマーケットを訪ねる。「そないにようけは買わんとこかな」とつぶやく◯ちゃんだが、イキのいい旬の野菜たちを見ると、止まらない。独り暮らしにはあり余るほど買ってしまう。楽しいのだ。余れば当然、友人、知人におすそ分け。喜ぶ顔が見たいのだ。

春先に同行した際は、屋敷の守り神のような高野槙を写真におさめようとカメラを構えたまま後ずさりをして小川に転落。コンクリート壁で頭を打ち、ずぶぬれになった。愛用の大型のデジカメ、買って間もないスマホも一緒に落ちて、だめにした。かぶっていた帽子は流れてしまった。

幸い致命的な打撲にはならず、風邪薬を飲んでから近くのユニクロに直行。着替えを済ませて事なきを得て、いつも通り野菜を買いだめした。

リョウちゃんとは川柳の会で知り合った。二次会、三次会もまず断らない酒好きで、酔うほどにおしゃべりになる。止まらないおしゃべりをＢＧＭのように聞きながら○ちゃんの酔いも深まる。

「○ちゃんなあ、あの娘とどないなってんの」

「なんにもないがなあ」

「そうかあ。えらい気に入ってるように見えるんやけど、ほんまはどないやねん」

「あの娘に手え出したら、あかんねん。センセに怒られるわ」

「弱気やなあ、そんなん気にせんと、かまへんがなあ。○ちゃんらしゅうないで」

「わしかて気にすることもあるんやで」

「ふ〜ん。おかしいなあ。絶対にあの娘を誘っとると思ってたんやけどなあ」

「あの娘、あんたが気に入っとるんとちゃうんか」

「そんなはずないわ。○ちゃんが好きなんやで。間違いないわ」

「そうやったら、うれしいけどなあ」

「ほうら、やっぱり、やる気やないか」

酔っ払い同士の、同じような会話が延々と続く。

マスコミ業界にいたリョウちゃんは、川柳の会を紹介するページを勤務先のインターネットサイト上に作成。例会のたびに入賞作などの情報を更新しながら、活動を支えていた。〇ちゃんとは気が合い、定年退職後も毎週のように盃を交わす付き合いが続いている。

グルメの〇ちゃんは、あまり詳しくなかったイタリアンにも最近、興味を持つようになった。店で気に入ったメニューは、自宅でも作ってみるという凝りようだ。大阪・キタのレストランで初めて食べたアヒージョはスペイン料理なのだが、イタリアンと勘違いしたかのようにすっかり気に入り、高級オリーブオイルを買い込んで試作に励んでいる。スマホでレシピをチェックしながらやっている。「店のような味にならんのや」と苦労しているが、うれしそうだ。

「イタリアン」を覚えたのは、神戸のガールフレンドのたかちゃんに教えられたワインが先行していたようだ。たかちゃんに連れて行かれた店で、カウンターの内側に貼り出されたワインの「ランキング」の表を見ながらレッスンが始まる。


「○ちゃん、赤と白、辛口と甘口、値段のランクがあそこに書いてあるからね」

「どれからいっといたらええのんや」

「とりあえず、赤？白？どっちが好き？」

「たかちゃんは？」

「○ちゃんはどっちなの？」

「わしは、どっちでもええよ。ようわからんわ」

「ほな、初めは赤いっとこか。どれくらいの値段のにする？」

「なんぼでもええで」

「お任せやね。う〜ん、難しいからマスターにも手伝ってもらおうかな」
○ちゃんが神戸で見つけた隠れ家のような寿司屋がある。ＪＲ神戸駅近くのビルの地下のこじんまりした店だ。神戸に引っ越して間もなく、迷い込むようにして入った。

飾り気のない、ちょっと古びたビルの地下。そういうところで営業できている寿司屋とは、いったいどんな店なのか気になった。営業するには、厳しそうなイメージの場所なのに、やれているのは、ひょっとして、すごい店ではないのか。

食通の鋭い予感は大当たり。カウンター席が好きな○ちゃんは、カウンターだけの店の構造がとりあえず気に入ったが、出された料理がすごいと思った。季節感たっぷりの味わい深さに思わずうなった。

足しげく通い詰めている。リョウちゃんや旧知の上方落語の大御所ら親しい人々にも紹介した。大将が料理にかける工夫、情熱がうれしい。

そんな大将は閉店後、料理人スタイルから遊び人風に大変身。神戸駅界わいはもちろん、かつての色町・福原あたりまで守備範囲が広い。遊びにかけては趣味がぴったりの○ちゃんとは当然、気が合う。二人で深夜まで飲み歩き、昼間も誘い合わせて合流することもある。

たかちゃんとはその店で出会った。大阪に通勤しているアラフォーＯＬで、あっけらかんとした性格が、○ちゃんは好きだ。

ＯＬがなぜ一人でこんな地味な構えの店にいるのか。ビルの外観や地下通路を見ていると、いかにもおっさんがチビチビやっている雰囲気の店しかなさそうだから、たかちゃんが余計に浮き立って見えたのだ。

食にうるさい地元の同級生に連れて来られたのがきっかけでファンになり、通っているという。神戸での○ちゃんの友人グループの一人となり時々、ネオン街に付き合ってもらっている。

たかちゃんは酔うと手をつなぐくせがある。店の中でも外でも、どこででも「手をつなご」と体を寄せる。気持ちよさそうに手を握りしめ、頭を肩に乗せてくる。○ちゃんの心をかき乱す。

界わいの友よ

○ちゃんの不動産屋近くに中華料理屋があった。中国人の黄さんが奥さんと二人で営んでいた。黄さんは福建省出身で、文筆家でもある。理屈が多いので○ちゃんはちょっと苦手だったが、町の中華屋さんとして重宝し、近所のよしみもあって通っていた。

○ちゃんは「ラーメンがのびとるで。黄さん、あんたは調理せんほうがええで」などと憎まれ口をたたき、時々本気で怒りそうになる黄さんの反応を楽しんでいた。

黄さんは大阪・ミナミでバー、そして大きなカラオケ店を経営していたが、ラーメンには黄さんなりのうんちくがあり、ラーメン屋にくら変えをした。ラーメンの味には一見、うるさそうだったが、店ではいたって気楽なオヤジ。調理を忘れたのかと思わせるほど常連客と話がはずんでいた。

黄さんは日本と中国の価値観、暮らし、習慣などを対比させたエッセーをつづり、大阪の全国紙サイトに連載して評判を呼び、本が出版された。料理より社会活動が好きだったのかもしれない。今は大阪の華僑団体のリーダーをつとめ、店は閉めてしまった。黄さんは〇ちゃんの紹介で川柳の会に入って、辛口の句を詠んでいる。

バブル期の踊ったツケに今追われ
かかる息相手次第で耳凍る
腹八分食い足りないと脳がすね
毒だからタバコやめろと医者が吸い
聞きなおし笑い話も興がさめ
その煙吐くなと言えぬ宮仕え

「和尚」は、〇ちゃんの事務所に近い黄檗宗の古刹の住職。黄さんの出身地である福建省から日本にやって来た僧が宗祖となっている禅宗だ。曹洞宗、臨済宗とともに日本の三禅宗のひとつ。福建省、黄檗宗つながりで和尚と黄さんは親しい。

和尚は腰が軽く、○ちゃんと知り合ってから川柳の会に入り、寺の会館を例会の会場に提供したこともあった。寺の本来の行事とは別に川柳の勉強会や講談の会など幅広いイベントを開催。地域の寺としての存在感を高めようとしている。最近は例会への出席率もぐんと向上して、○ちゃんに冷やかされる。

「寺の仕事は、適当でええんかいな」

「ちゃんとやってまっせえ」

「さよか。例会によう来るから、なんぞあったんかいなと思ったがな」

「まあ、いろいろあるんやけど、何事も御仏の思し召しで…」

「う〜ん、ますます怪しいなあ。夫婦の悩みか？」

「○ちゃん、そないに突っ込まんといてえな。疲れるがなあ」

柳号は「汚生」。酸いも甘いも噛み分けて、他の寺の住職が真っ青になりそうな怪作も生まれている。

納骨にお骨忘れるこの暑さ
ばけの皮剥ぎとられたらただの人
着メロでお経の続きどこへやら
和尚さんいざ鎌倉とズボン脱ぎ
カンバンを待ってるうちに酔い潰れ
のど自慢和尚お経に節を入れ
いけませぬ遺影を倒す未亡人
道を説く和尚ガツガツ飯を食う
お寺さんゴルフコンペは友引に
経を読む和尚チラチラ時計見る
家族葬流行る世間に泣くお寺

○ちゃんは界わいに友人がたくさんいる。お好み焼き屋の大将、山田和夫さんはテニス愛好家だった。全国的にも知られる西区・靭公園のコート整備運動にも力を入れ、署名を集めて大阪市にも何度か申し入れをしていた。

一九五三年に開設されたコートは、拡充、改修を経て現在、十六面あり、世界スーパージュニアテニス選手権、ジャパン女子オープンテニスなど各種大会が開かれる、大阪を代表するコートだ。

○ちゃんは、山田さんが奥さんと営む店にもよく顔を出した。お好み焼きはあまり注文しないで、酒とつまみを前に、山田さん夫婦ととりとめのない話をしながら、酔いが回っていった。

○ちゃんはテニスのことはよく分からなかったが、山田さんが鉄板の向こうで顔を真っ赤にしながら熱弁を振るうことがあった。「大阪市には、コートを守ろうという気概がないんや。情けないで。賑わう様子を担当者が見に来いっちゅうんや」。グイグイやりながら話す山田さんが盛り上がっていくのを、酔眼の○ちゃんが眺めている。正義感の強い呑兵衛だったが、三年前に病死してしまった。
○ちゃんは劇団でたくさんの仲間に出会った。みんな演劇好きで、ほとんどが別の職業で生計を立てながら、公演に参加している。幅広い年齢の、気のおけない人たちだ。
そんな中で、ユニークな活動をしているシンガーソングライターが大好きだ。リターン上平だ。グループサウンズやフォークソングの影響を受けて、少年時代からギターの弾き語りを始めたという。

上方落語家とのコンビでメジャーデビューして評判になった。お笑いセンスはなかなかだが、フォークの大御所・高石ともやに見いだされて歌のソロ活動も本格的に開始。

「ヨーデル食べ放題」が二〇〇〇年に十五万枚のヒットを記録して、替え歌「ヨーデル勝ち放題」が長嶋巨人の公式応援ソングになった。二〇一五年からはＪＲ大阪環状線鶴橋駅の発車メロディーになっている。

各地の山に登り、山小屋コンサート、山頂ライブ、へき地の医者に同行する往診コンサートなどライフワークを続ける一方、上方落語の定席である「天満天神繁昌亭」や「神戸新開地喜楽館」でのライブもこなし、軽妙な語りと歌でファンを魅了している。

ちょっと太めの体型が、ユーモラスな雰囲気を醸し出し、○ちゃんは最初に行ったコンサートで、はまった。いつしか家族ぐるみというか、○ちゃんは独り者だから、リターンの家族とも知り合った。息子は「ＭＡＧＵＭＡ（マグマ）」という芸名で父親と共演しながら、独自のエンターテインメントづくりに励んでいる。

「リターン、あんたは、ほんまにええもん持っとるなあ。もっと売れなあかんがなあ」

「おおきに、○ちゃん。これでもがんばっとるんやで。おかげさんで固定ファンも増えて来て、うれしいわ」

「そら、ええがなあ。マグマも経験積んで、ええ味出しとる。楽しみやなあ」
「〇ちゃんの応援のおかげや。親子でもっとがんばるで」

バイタリティーあふれるリターンの舞台は、まだまだ続きそうだ。

リターンのコンサートの帰り道、
「ええやつ　ようけ　おる
にくめんやつ　ようけおる
わしは幸せもんやったんや」

小さな声でよう見えん星を見上げながらそう言った、ように聞こえた。
涙が光っていた。「なんで泣くねん」。天の声が聞こえたような気がして、〇ちゃんがまた天を仰いだ。星はまだかすんでいた。

エピローグ

○ちゃんは、多額の借金をしていた時期があった。「死ぬほどの借金はさせてもらわれへんから、死なずに済んだだけや」。債権・債務を処理する機関のアドバイスを受け、切り抜けた。「人たらし」だけで借金が消えるのは難しい。しかし、応援、声援はいっぱい集まる。生きる源だと○ちゃんは思っている。

○ちゃんを取り巻く人々が、くんずほぐれつ、絡み合って、濃厚なひと模様が広がる。人たらしでいちびりな面々。思う存分にかき回して、遊び回って、さっさと鬼界に渡った人々もいる。

がっちり絡んだ関係はほぐそうとしても簡単にはほぐれないが、誰もほぐそうとしない。絡んで絡み取られて、心地よいのだろう。

ノンフィクションのようなフィクションだけど、いつの間にかノンフィクションの世界に迷い込んだかのような錯覚をしていただければ、うれしい限り。○ちゃんの「誑し」（たらし）に浸ってもらえましたか。

無　文

二〇二〇年春

P.S.

○ちゃんはボケだしている。と○ちゃんは言う。そう言われれば、と私、無文は思い当たるフシもなきにあらず。

出来事の一つひとつは覚えているが、総体的に見れぬ、と言う。なるほど。これが〝ボケ〟なのか〝老化〟なのかは分からないが、確かに今日の○ちゃんは、ボケ始めている。

参考文献

「相合傘」作品集シリーズ（ＪＤＣ出版、新葉館出版）
「百人一選　冷汗駄句駄句（中田昌秀著）（たる出版）
「ありがとう、わが師春団治」（桂福団治著）（たる出版）

発行日
2020年5月1日

著　者
無　　文

発行者
久保岡宣子

発行所
JDC出版
〒552-0001　大阪市港区波除6-5-18
TEL.06-6581-2811(代)　FAX.06-6581-2670
E-mail：book@sekitansouko.com
H.P：http://www.sekitansouko.com
郵便振替　00940-8-28280

印刷製本
前田印刷株式会社